宮沢賢治の作品集
注文の多い料理店

宮澤賢治
短篇小說集 I

收錄
要求特別多的餐廳
等17篇小說

宮澤賢治 著

陳嫺若 譯

好讀出版

跟著宮澤賢治去旅行

國立台東大學兒童文學研究所所長
游珮芸

你喜歡旅行嗎？

這裡所說的「旅行」，不是跟團、出差或打工，那種目標明確、行程緊湊；棲棲遑遑、期待要有所獲的旅行。而是輕鬆、放空，沒有確切的計劃、時程，也沒有鎖定的目的地。

因為沒有目的地，不需匆促趕行程，所以可以怡然、放鬆，放慢步履，毛孔全張，以所有的感官，擁抱沿途的風景，感受被日常忽略、每一個時空當下最細微的觸動。那可能是春日露臺的竹籃裡初萌的綠芽，一抹迎風招展透光的綠意；或是夏日街區彩傘下，澄澈的冰飲舒暢了咽喉的快感；或許是秋日橋邊，細雨中的垂柳伴著蕭瑟河水的潺潺；或是冬日蒼茫的暮色裡，你看著暈黃的街燈與屋子裡的燈火一盞盞亮起的感動。

因為沒有計劃，腦袋放空，所以旅行時，過往的回憶、聆賞、閱讀、遐思，會冷不防地湧現，供你沉思、冥想、反芻與回味。那可以是一句詩、一篇短文、一幕壯闊的電影場景，或是一場刻骨銘心的愛戀。不分先後、沒有邏輯。就在那個當下，讓你回歸自身、浸淫在內在的細緻、幽微與豐饒。

翻閱日本作家家宮澤賢治的這本短篇小說集時，不斷感受到的，正是進入宮澤賢治所創造的世界旅行，與他緩步漫遊，時而互相交換會意的眼神與會心的微笑。

就如宮澤賢治的序言所說：「我的這些故事，全都是在山林、野地或是鐵路沿線，從彩虹和月光那兒採集來的。……獨自經過柏樹林的藍色黃昏，或是打著寒顫站在十一月的山風中時，我總是會油然生出這種感懷。我只是把這些栩栩如生的事物，照實寫下來而已。」

感謝賢治，因為他把當下感懷，如實寫下，讓百年後的我們有機會，不論內在或外在，可以與他同行，邂逅他的「如實遇見」。

宮澤賢治，一八九六年出生於日本岩手縣，現在的花卷市。是位教師、詩人、童話作家、農藝改革推廣者，還是一位悲天憫人的求道者。他的生命故事就如同他的文學創作，既單純又複雜。一九三三年即過世的賢治，在他三十七年短暫的生命裡，創作了大量的童話與詩作，然而卻苦於得不到出版社的賞識，生前僅出版了一本詩集《春與修羅》以及童話集《要求特別多的餐廳》，在日本文壇幾近默默無聞。死後，在友人草野心平等人盡心盡力的推廣之下，賢治的全集終於獲得出版的機會，受到讀者、評論家、研究者極大的迴響，使其在日本文壇的地位不斷攀升。二〇〇〇年時，在《朝日新聞》舉辦的一項讀者調查中，選出「這一千年裡，你最喜歡的文學家」，宮澤賢治高居第四名，超過太宰治、川端康成、三島由紀夫、甚至村上春樹等名家，被日本人尊稱為「日本國民作家」。

宮澤賢治的作品以故鄉岩手縣為主要地景，自創了「Ihatovo」等名詞用以命名童話中架空的烏托邦，名字是演變自岩手的讀音「いはて（Ihate）」。他熱愛閱讀哲學書籍以及佛經，尤其是受到島地大等編著《漢和對照妙法蓮華經》的啟發。

《妙法蓮華經》中明示不分貧富貴賤，人人皆可成佛，不像其他經典尚有階級上下之分，也有一說法認為《妙法蓮華經》的經文集結了大乘佛法的精華。賢治深受經文內容感動，這成為他努力追求美好事物及不斷向前的動力。他不僅為後世留下豐饒的文學作品；因不忍農民生活困苦，在世時，專注研讀農學，致力改革農業發展以及施肥技術，也從事開墾農地以及設計花圃。在教學上，曾為農專老師的賢治，在退出教職後仍在家鄉教授學問，聚集青年做唱片鑑賞、合奏活動、演戲指導等。

這本書收錄了宮澤賢治的十七篇短篇故事，以童話方式呈現。包含了賢治長期的觀察、思索、感悟和遐想，以其家鄉岩手山的大自然為背景，天上地下、四季遞嬗，也涵蓋了各式自然與生命樣貌：如貓、兔、豬、熊、象、狐狸、雲雀、蜂鳥等動物，以及樺樹、風雪、山怪，甚至電線桿！讓人驚異於他的童心和無窮邊際的想像力。對於喜歡涉獵東西古今幻想文學的讀者，應該會在其中發現類似安徒生、格林童話、聊齋志異、宋人筆記等古典短篇，以及華文世界鹿橋的《人子》等現代成人童話的閱讀樂趣。

就像安徒生故事裡賣火柴的小女孩、或是聊齋志異裡的聶小倩，鮮明的人物經常形塑我們對故事的想像。翻開本書的扉頁，你很難不被本書主角靈動活現、栩栩如生的形貌所吸引。例如：〈橡實與山貓〉裡喜歡擺譜、小氣、做作、說話咬文嚼字的山貓法官；〈土地神與狐狸〉裡心胸狹仄、脾氣暴躁的土地公與自卑羞赧、愛唱高調的狐狸；〈歐茨貝爾與象〉中表面和善、肚子裡狡詐陰險的農場主；〈貓的事務所〉裡趨炎附勢、欺凌弱小的群貓；所有人物都性格鮮明，在其特異世界裡，仗恃著自己的邏輯，理直氣壯的過活。掩卷之後環顧四周，你一定會訝異，你的身旁原有諸多類似的身影。

除了人物，作者描繪景致的功力更是一絕。且看〈水仙月的四日〉的開場：「兩匹雪狼吐著紅豔豔的舌頭，從象頭形狀的雪坡上方走過。這兩傢伙雖然人眼看不見，但是一旦狂風忽起，他們就會跳上停滯不動的雪雲，在空中四處飛馳……。」或是〈鹿之舞的起源〉的結尾：「來自北方的冷風呼呼響著，赤楊樹果真如同破碎的鏡子閃閃發光，甚至可以聽到葉子互相碰撞時，發出卡鏘卡鏘的聲音。芒草穗彷彿與鹿融為一體，也一同呼嚕呼嚕的轉起圈子來。」寥寥數語，便讓大自然整個活了過來。若能靜下心來，一個字一個字細細品味，會讓你置身其中、頓時遠颺，昇起飄然物外的感覺。

除了寫人、寫景，有些故事情境出人意表。例如〈月夜的電線桿〉裡出現歌聲昂揚、軍容壯盛的電線桿行軍隊伍……。帶隊的是一名形貌猥瑣、自稱電力將軍的老頭，他提及當時軍隊號令熄燈時，有些新兵會對著燈泡吹氣！讓人猛然警醒，原來，賢治身處的時代，竟是百年前文明初發、電力剛普及時的日本。最後一幕，老頭如兔子般拱起背來，鑽進行進的闃黑列車底下去，客車驀地明亮起來。一個小小孩舉起手叫道：「燈亮啦，哇——！」。叫人想起鹿橋的《人子》一書裡，那偷了太陽的小小孩，最後拉著日、月穿出窗外，飛上中天，於是黑暗頓逝、白晝又回來了。

我最喜歡的故事是和本書同名的《要求特別多的餐廳》。描述兩名來自都會、言行虛矯的「紳士」，上山打獵取樂，卻迷了路，忽然發現一家外觀堂皇的西餐廳。飢寒交迫，十分渴求一餐的兩人不疑有他、推門入內。卻發現不但要穿越重重關卡，還得遵守一些奇怪規定，如：梳理頭髮、脱下外套、卸下眼鏡……，到最後竟然要在身上塗抹乳油！故事中兩個人一開始不覺有異，一邊照章行事、一邊揣想緣由，直到最後一刻圖窮匕見，才愕然驚覺，原來是這麼回事！獵人者成了獵物！作者利用白描筆法，讓故事層層開展，不但懸疑而且荒謬，十分引人入勝。最後結局出人意表，卻依稀有胡金銓導演改編自宋人筆記的電影《山中傳奇》的況味。

你喜歡旅行嗎？

在倥傯逼仄的日常生活裡，只要學會抽離、放空，品味生活、反芻自己，跨越時空、上下古今遊走，不必搭機遠颺，依然可以旅行。

宮澤賢治這本童話故事集，十分適合帶著旅行般的心情閱覽。只要翻開書頁，一下子便可以遠離塵囂，進入另一個世界。其中人物、情境，有的寓意深遠、結構井然；有的幽默風趣、令人莞爾；有的怪異突梯、叫人驚嘆；還有的似乎沒有邏輯、不明所以。就像作者自序：「大概會有些看不懂到底怎麼回事，或是莫名其妙的地方，而那些地方，我也看得莫名其妙。」

拋開現實，且讓這些源自東瀛古國百年前的遐思奇想，帶著你飛越時空，享受非典型、非邏輯，純然的、心的觸動。

目次

序

即使我們吃不到冰糖，也能嘗一口透澈的清風，喝一口桃色的美麗晨光。

我也不時在田野或森林裡，看到襤褸的布衣，變成最美的天鵝絨、毛呢或鑲有寶石的服裝。

我喜歡這種美麗的糧食或衣裝。

我的這些故事，全都是在山林、野地或是鐵路沿線，從彩虹和月光那兒採集來的。

其實，獨自經過柏樹林的藍色黃昏，或是打著寒顫站在十一月的山風中時，我總是會油然生出這種感懷。我只是把這些栩栩如生的事物照實寫下來而已。

所以這些故事中，有些讀來甚有收穫，有些就只是個單純的故事，不過我自己也不太分得出來。我想大概會有些看不懂到底怎麼回事，或是莫名其妙的地方，而那些地方，我也看得莫名其妙。

不過，我真心盼望，這些小故事中能有幾則，最後成為您通透心靈的糧食就好了。[1]

1 此序為宮澤賢治於一九二四年出版童話集《要求特別多的餐廳》時所寫。

橡實與山貓 どんぐりと山猫

一張奇怪的明信片在某個星期六的傍晚，寄到了一郎的家。

兼田一郎大人 九月十九日
您最新心情似乎很好，太好了、太好了。
我現在要做個麻煩的裁判，請您過來一趟。
不要帶飛行工具。

山貓拜上

是這樣的一封信。字跡拙劣，墨汁濃濁未乾，還能沾到手指，不過，一郎還是開心得不得了。他把明信片輕輕的放進學校書包，在屋子裡又跑又跳。

即使鑽進棉被裡，一郎還是想著山貓咧嘴的貓臉，和進行麻煩裁判的景象，一直到深夜都沒睡。

但是，一郎醒來的時候，天已經大亮了。走到門口，四周的青山油綠潤澤，生意盎然，在藍天下連綿並立，就像剛剛才形成似的。一郎匆匆吃了飯，獨自沿著溪谷小徑，往山上爬去。

清爽的風颯的一吹起，栗樹便嘩啦啦的掉下果實，一郎抬頭看栗樹問：

「栗樹、栗樹，山貓有沒有從這裡經過呢？」

栗樹沉默了一下答道：

「你問山貓的話，他早上急匆匆的駕馬車往東邊飛馳而去了。」

「東方就是我要去的方向呀。真奇怪，不過我再多走一陣好了。栗樹，謝謝你。」

栗樹靜默下來，又嘩啦啦的掉了好多果實。

一郎走了一會兒，來到了吹笛瀑布。吹笛瀑布是因為在雪白的山崖中有個小洞，流水從那洞口噴湧成瀑布，落入轟轟谷。因為它會發出吹笛般的鳴聲，才得此名。

一郎向著瀑布喊道：

「喂喂，吹笛，山貓有沒有經過這裡呢？」

瀑布發出「嗶嗶」聲回答：

「山貓剛才坐著馬車往西方飛去了。」

「真奇怪，西方是我家的方向呀。不過，我再走一會兒好了。吹笛，謝謝你。」

瀑布又再繼續像剛才那樣吹起笛來。

一郎再往前走了一會兒，在一棵大山毛櫸樹下發現一堆蘑菇，咚咕噔咚咕噔的，奏著奇怪的音樂。

一郎彎下身子問：

「喂，蘑菇，山貓有沒有經過這裡？」

蘑菇答：

「你要問山貓的話，他今天早上坐著馬車往南方飛去了。」

一郎歪起脖子。

「南方不就是遠處的山裡嗎？真奇怪呀。算了，我再往前走一會兒。蘑菇，謝謝你哦。」

蘑菇們忙不迭的繼續咚咕噔咚咕噔的，奏著那首奇怪的音樂。

一郎又繼續走了一會兒，然後，一隻松鼠「蹦」的跳上一棵胡桃樹的樹梢。一郎立刻招拓手，叫住了它問道：

「喂，松鼠，山貓有沒有從這裡經過呀？」

松鼠站在樹上，伸手遮住額頭，看著一郎回答：

「你問山貓的話，他今天早上天還沒亮就坐馬車往南邊去了。」

「好奇怪哦，已經有兩個人說他去南方了。可是，算了，我還是再走一會兒吧。松鼠，謝謝你。」但松鼠已經不見了，只看得見胡桃樹最高的樹枝在搖晃，旁邊的山毛櫸葉閃著金光。

一郎又走一陣之後，溪谷邊的小路越來越細到了盡頭，然後往溪谷南方，黝黑的榧樹森林方向，出現了一條新的小路，一郎往那條路走去。榧樹的樹枝黑壓壓的互相交疊，遮蔽了整個天空，而小路也突然變成了陡坡。一郎的臉色變得紅通通，噗答噗答的滴著汗，往那陡坡上爬去。瞬間豁然開朗，眼睛一刺。眼前是一片美麗的金黃色草地，草隨著風吹發出沙沙聲，四周圍繞著橄欖色的榧樹森林。

草地的正中央坐著一個體型奇怪的矮男人，曲著腿，手上拿著皮鞭，靜靜的盯著他看。

一郎緩緩走到旁邊，嚇得停住了腳。那個男人是獨眼龍，看不見的那隻眼睛，白白的上下抖動。他穿著類似半纏[1]的怪衣服，最重要的是，他的腳像山羊一樣彎曲，尤其腳板的形狀，就像舀飯的飯勺。一郎覺得可怖，但還是盡力鎮定問道：

「你認不認識山貓呢？」

那男人橫眼瞄著一郎的側臉，抿起嘴無聲的笑笑說：

「山貓大人出去了，馬上就回到這裡。你是一郎先生吧。」

一郎心中一凜，趕忙退後一步。

「對，我是一郎。可是，你怎麼知道？」一郎說。於是這個詭異的男子笑得更燦爛了。

「也就是說，你看到明信片了？」

1半纏：日本勞動時穿的外套。

「看到了。所以我才來的。」

「那封信，寫得真是差勁兒。」男人垂著頭傷感的說。一郎油然感到同情，便道：

「會嗎？我覺得寫得挺不錯的呀。」

男人高興起來，喘著粗氣，耳根子也紅了。他扯開衣領，讓風灌進身體。

「那一手字也寫得好嗎？」他問。

一郎忍不住笑起來，跟著回答道：

「好啊。五年級學生也未必能寫得那麼好吧。」

男人的臉色突然陰沉下來。

「你說的五年級，是小學五年級吧。」

他的聲音聽起來也有些虛弱無力，所以一郎趕忙說：

「不是，是大學的五年級哦。」

男人再次開心起來，好像整張臉都笑起來，呵呵呵的又笑又叫：

「那封明信片是我寫的。」

一郎忍著笑問道：

「說來說去，你到底是什麼人？」

男人倏然一臉正色的說：「我是山貓大人的馬車夫。」

此時，清風呼的吹起，在草原形成了波浪。馬車夫突然恭敬的彎身行禮。

一郎覺得納悶，轉過頭一看，原來山貓披著黃色的外掛，瞪著滴溜溜的綠眼睛站著。一郎心想，山貓的耳朵果然又直又尖，這時山貓折下腰鞠了個躬，一郎也有禮的打招呼。

「啊，你好，昨天謝謝你寄明信片來。」

山貓翹起鬍鬚，挺出肚子說：

「你好，歡迎你的到來。其實是因為前天展開了一場麻煩的比賽，我不知該怎麼裁決，所以才想問問你的意見。請在這兒好好休息一下，橡實們馬上就來了吧。說實在的，每年都要為這種裁決傷透腦筋。」山貓從懷裡拿出一盒雪茄，自己叼起一支，拿給一郎問道：

「要不要來一支？」

一郎吃了一驚，道：

「不用了。」

「嗯嗯，畢竟你還年輕嘛。」山貓仰頭哈哈大笑說時，咻的擦了火柴，故意皺起臉，吐出青色的煙。山貓的馬車夫戒慎恐懼，站得筆直。但是似乎努力忍耐著想抽菸的衝動，眼淚撲簌簌的流下來。

此時，一郎聽到腳邊響起「叭擦叭擦」、好像在撒鹽的聲音。他吃驚的彎下身體一看，草叢裡四處有些金黃色球狀的東西，正在閃閃發光。他仔細端詳，發現它們都是穿著紅褲子的橡實。那數量之多，數到三百都數不完。橡實們哇啦哇啦的不知在說些什麼。

「啊，他們來啦。喂，來呀，快點把鈴搖響。今天那裡陽光甚好，就把那邊的草割一割吧！」山貓扔掉雪茄，急忙吩咐馬車夫。馬車夫發起急來，從腰間抽出鐮刀，唰唰唰的割起山貓面前的草來。於是四方的草叢裡，橡實們閃著金光，全都跳到那塊草皮上，嘩啦嘩啦的說話。

接下來，馬車夫哐啷哐啷的搖起鈴來，鈴聲哐啷哐啷的迴響在榧木森林，金黃色的橡實們才稍微安靜下來。轉頭一看，山貓不知何時換上了黑色錦緞服裝，煞有其事的坐在橡實面前。一郎想，簡直就像是民眾參拜奈良大佛的畫像一般。而馬車夫此時揮起了皮鞭，咻叭嘁、咻叭嘁的響了二十三下。

天空晴朗無雲，橡實閃著光，非常美麗。

「今天已經是第三天裁判了，你們還是快快和好吧！」山貓看起來有些擔心，但還是強硬擺出高高在上的架子說。

橡實們眾口紛紜的嚷嚷說：

「非也非也。不管怎麼說，尖頭的橡實最偉大，而我的頭是其中最尖的。」

「不對不對。圓頭的橡實才偉大，頭最圓的就是在下我。」

「沒那回事。大小才重要。大橡實最了不起。我是其中最大的橡實，所以我最了不起。」

「不是喲。昨天，法官已經說，我比較大。」

「你們在胡說什麼呀。個子高矮才是重點啊，高個子最棒。」

「會尿尿才是偉大的人，在他尿尿的時候定勝負啊。」橡實們七嘴八舌的各抒己見，聽起來就像是捅到蜂窩般，搞得亂七八糟了。

於是山貓高聲叫道：

「太吵啦。我懂你們的意思了，安靜、安靜。」

馬車夫咻叭喊的揮起皮鞭，橡實們好不容易才安靜下來。山貓翹起鬍子說：

「今天已經是第三天裁判了，你們還是快快和好吧。」

於是，橡實群眾嘟嘟囔囔的說個不停。

「非也非也，這樣不行啦。再怎麼說還是頭最尖的橡實最聰明。」

「不行不行，你們錯了。圓頭才偉大呀。」

「沒那回事，重要的是大小啦。」眾橡實呱啦呱啦的爭個不停，根本聽不清到底誰對誰錯了。山貓大叫說：

「住口，吵死了。我懂你們的意思啦，安靜、安靜。」

馬車夫咻咻叭嘁的揮起皮鞭，山貓翹起鬍子說道：

「今天已經是第三天裁判了。你們快快和好吧。」

「非也非也，不行啦。還是尖頭的……」大家呱啦呱啦的又吵起來。

山貓叫道：

「吵死了。我懂你們的意思啦。安靜、安靜。」

馬車夫咻咻的揮起鞭子，橡實們全都安靜下來。山貓小聲向一郎說：

「就是這麼回事，你看怎麼辦才好？」

一郎笑著回答：

「既然這樣，你就這麼告訴他們好了。他們當中誰最笨、最胡攪蠻纏、最糟糕的人，就是最偉大的人。我是在聆聽道理時聽說的。」

山貓恍然大悟的點點頭，然後擺出威嚴的態度，敞開錦緞服裝的胸口，露出黃色的外掛，向橡實們告諭道：

「好，請安靜。通傳下去，在你們當中，最不偉大的、最笨、最胡攪蠻纏、最糟糕、腦袋像豆腐的人，就是最了不起的人。」

橡實們鴉雀無聲，安安靜靜，再也不爭吵了。

因此，山貓脱下黑色的錦緞服裝，擦擦額頭上的汗，拉起一郎的手。馬車夫歡天喜地的揮了五六鞭，發出咻叭噈、咻叭噈的聲音。

山貓説道：

「一郎，非常謝謝你。這麼困難的裁決，你三兩下就幫我解決了。以後，請你務必成為我那法院的名譽判官。未來，當我送明信片去時，請你務必來一趟。每次我都會送上謝禮的。」

「好的。不過我不需要謝禮。」

「不行，請你一定要接受我的謝禮，因為這關係到我的人格，還有，未來我會在明信片上寫下兼田一郎殿下，並把這裡當成法庭，你看如何？」

一郎說：「好啊，我不介意。」山貓好像還想說些什麼，翹著鬍子，眼睛骨碌碌的轉了幾圈。過了一會兒，才像是下定決心的開口說道：

「至於明信片上的文句，以後我就寫因有要事，明日理應出席，如何？」

一郎笑著說：

「這聽起來怪彆扭的，還是別這麼寫比較好。」

山貓不知該怎麼回答，一臉遺憾的翹著鬍鬚，低頭思索了好一會兒，才終於放棄的說：

「那麼，內容就照先前那樣寫吧。還有，關於今天的謝禮，你喜歡黃金橡實一升，還是鹽漬鮭魚頭呢？」

「我喜歡黃金橡實。」

山貓聽到不是鮭魚頭，好像鬆了口氣，瞬即對馬車夫吩咐道：

「快去拿一升橡實來，如果不足一升的話，就混些鍍金的進去，快點。」

馬車夫把剛才的橡實放進量器中，量了一下高聲道：

「正好一升！」

山貓的外掛被風吹得叭答叭答響。然後，山貓伸了個大大的懶腰，閉起眼睛，打了個呵欠說：

「很好，快點去準備馬車吧。」車夫拉出一輛用白色蘑菇製造的馬車，而且還跟著一匹顏色灰如老鼠，長相奇特的馬。

「那麼，我送你回家吧。」山貓說。兩人坐上了馬車，車夫把一升橡實放進馬車中。

咻叭喊。

馬車離開了草地，樹木和灌木叢如同煙霧般輕輕搖擺。一郎看著黃金橡實，山貓一臉裝傻的模樣看著遠方。

隨著馬車走遠，橡實的光芒漸漸變淡，沒多久，待馬車停下時，它們已經變成原有的褐色，而且，山貓的黃外掛、車夫和蘑菇馬車也跟著一起消失無蹤，一郎站在自己家門前，手上還捧著裝橡實的木盒子。

後來，他再也沒收到山貓寫來的明信片，一郎經常會想，早知道答應他寫「理應出席」就好了。

狼森、笊森和盜森

狼森と笊森、盜森

小岩井農場的北邊，有四個黑色的松木森林，最南邊的是狼森，接著是笊森，接著是黑坂森，北邊的盡頭則是盜森。

這些森林何時形成的？為什麼會取這麼奇怪的名字呢？黑坂森裡的巨岩說，這些典故，只有他一個人知道，某一天，他得意洋洋的把這個故事說給我聽。

很久很久以前，岩手山爆發了好幾次。附近一帶的土地都完全埋在火山灰下。這塊黑色的巨石，也是從山上飛下來，落在現在的位置吧。

火山爆發終於平息之後，原野和山丘上漸漸從南方長出有穗的草和無穗的草，長滿了整片荒地，後來又生出柏樹和松樹，最後，形成了現在的四個森林。然而森林還沒有名字，各自都只以為「我就是我」。後來，某年秋天的一天，有陣涼如水的清風穿過樹林，將柏樹的枯葉吹得沙沙作響，岩手山的銀冠鮮明的映出黑壓壓的雲影。

四個農民穿著簑衣，把山刀、釘耙、鋤頭等所有上山和原野用的工具，牢牢的繫在身上，越過東方崎嶇的燧石山，嘿喲嘿喲，吃力的來到這個森林圍繞的小原野。仔細一看，四人也帶著大刀。

站在最前面的農民，向大家指著這片幻燈般的風景，說道：

「怎麼樣？這個地方不錯吧？既可立刻開墾成農田，而且離森林又近，能找到乾淨的水源，再說，這裡陽光很好。怎麼樣？我很早就看中這裡了。」其中一個農民說：

「但是，不知土質怎麼樣？」他彎下身，拔起一枝芒草，把根部的土撒在手心上，捻揉了一會兒，又放進嘴裡嚐了嚐說：

「嗯，土質雖然並沒有很好，但也沒有很差。」

「那麼，差不多可以決定這裡了吧。」

另一個人滿意的環顧四下之後說道。

「好，就這麼決定吧。」先前默默站在一旁的第四個農民說道。

四人當下歡天喜地的把肩上的行李卸下來，然後往來時方向高喊道：

「喂——，哦——！在這裡，快點來呀、快點來呀。」

於是前方芒草叢裡，走出三個背著大包小包的婦人。再一細看，還有九個不到五六歲的小孩子，嘻哈笑鬧的跟著跑過來。

然後，四個男人朝著四面任意的方向，眾口一致的大聲喊道：

「可以在這裡開墾嗎？」

「可以哦。」森林回答。

大夥兒又喊：

「可以在這裡蓋房子嗎？」

「可以。」森林回答。

大夥兒再次齊聲問道：

「可以在這裡升火嗎？」

「可以哦。」森林回答。

大夥兒又再喊叫：

「可以送我們一點木頭嗎？」

「好。」森林一齊回答。

男人們開心的鼓掌，而剛才靜默下來的女人和孩子們，驟然歡呼起來，孩子們笑著爭鬧起來，女人們便輕輕拍打那些孩子。

那天傍晚前，蓋出了一棟以茅草為頂的小木屋。孩子們開心的在木屋四周又跑又跳。第二天開始，森林成了這些人的崇拜者，守望著他們勞動。男人們把鋤頭磨得晶亮，把原野的雜草翻開。女人們撿拾還沒有被松鼠或野鼠帶走的栗子，或是砍伐松樹，劈成柴薪。不久之後，大雪便覆蓋了大地。

為了保護這些人，森林在冬天盡全力防堵北風來襲。然而小小孩們還是很怕冷，經常把凍得又紅又腫的手，靠在自己的咽喉上，哭著說：「好冷好冷。」

到了春天，木屋變成了兩棟。

然後，他們播種了蕎麥和稗子，麥子開了白花，稗子結了黑穗，那年秋天，穀物都結了實，當增加了新田地，木屋成了三棟時，所有人歡欣鼓舞，連大人們走路都輕快如飛。但是，在泥土凍成堅冰的清晨，九個孩子當中，最小的四個在夜裡不見了。

大夥兒彷彿瘋了一般，四處搜尋孩子的蹤跡，可是連個影子都沒看到。

因此大夥兒又朝著四周任意的方向，一齊大聲喊道：

「有沒有誰知道孩子們在哪兒嗎？」

「不知道。」森林一起回答。

「若是這樣，我們要進去找哦。」大夥兒又再高聲喊道。

「來吧。」森林一同回答。

於是，眾人帶著各式各樣的農具，先到最近的狼森裡去。一進入森林，又冷又濕的風和枯葉的味道，呼的向眾人撲面而來。

大家跨著大步向前走。

但是，森林深處響起啪嚓啪嚓的聲音。

眾人急匆匆的往那兒走去一看，地上燃燒著透明玫瑰色的火焰，九匹狼正圍著火堆，手舞足蹈的繞著圈圈。

大人們走近瞧個仔細，失蹤的四個孩子，全都坐在火堆前，吃著烤栗子和野菇。

野狼們口裡唱著歌，繞著火的周圍奔跑，就是像夏天的旋轉燈籠。

「狼森的正中央，

火焰轟轟啪啪，
火焰轟轟啪啪，
栗子咕嚕啪啪，
栗子咕嚕啪啪。」

因此，大夥兒又齊聲大叫：

「狼大人、狼大人，請把孩童還來。」

野狼們大吃一驚，暫時停下歌聲，彎起嘴巴，回頭看向眾人。

於是，火焰突然熄滅，火堆霎時只剩下悄靜的藍影，火堆旁的孩子們全都哇哇大哭。

野狼不知該如何是好，瞪大了眼睛呆了半晌，然後一起逃到森林更深的地方去了。

於是，眾人牽起孩子們的手，打算走出森林。這時，他們聽見狼群在森林深處的呼喊：

「請不要把我們當成壞人。我們招待了很多很多栗子和野菇哦。」人們回到家之後，做了粟餅，放在狼森裡當作謝禮。

春天來了，孩子增加到十一人，來了兩匹馬。人們把雜草、爛葉和馬肥一起放進田裡，粟和稗子長得又直又高。

於是那年大豐收，秋末時，大家都感受到無上的喜悅。

然而，在某個霜柱凝結的寒冷清晨。

大夥兒今年又開墾原野，擴展了田地，所以那天早上，他們去拿農具準備出外幹活的時候，卻發現不論哪一家都找不到山刀、釘耙和鋤頭了。

大家拚命的到處尋找，但怎麼找也找不到，最後實在想不出辦法了，便又各自朝著任意的方向，一起高聲大喊：

「有沒有看見我的工具呀？」

「沒有。」森林一同回答。

「那我們進去找嘍？」大家又喊道。

「來吧。」森林一齊回答。

大夥兒這次什麼也沒帶，一個跟著一個往森林的方向走去。首先他們去離自己最近的狼森。

這時，九匹狼立刻跑出來，一本正經的急忙揮手說：

「不在這兒、不在這兒，絕對不在這兒，先去別處找找，若是沒有再來。」

大夥兒心想，這話說得有道理，所以就往西邊的笊森走去。他們在森林裡越往深入走去，一棵老柏樹下，有個樹枝編成的大笊籬蓋在地上。

「這玩意兒看起來很可疑。雖然笊森裡有笊籬也是理所當然，但不知道裡面有什麼東西。我們打開來看看吧。」說著便將笊籬掀開看，裡面放的正是他們丟失的農具，而且不多不少，正好有九把。

不只如此，裡面一個金色眼睛，滿臉通紅的山怪，盤腿坐在正中央。一看到眾人，便張開大口，大叫了一聲「哇——！」

孩子們尖叫著想要逃走，但大人們不動聲色，齊聲說道：

「山怪，以後別再捉弄我們了吧，求求你，以後別再捉弄我們了。」

山怪搔搔頭站起來，好像十分惶恐的樣子。大家各自拿了自己的農具後，便轉身走出森林。

這時，剛才那個山怪在森林中喊道：

「你們也要給我帶粟餅來哦。」隨後轉過身去，伸手抓抓頭，往更深更深的森林裡走去了。

大夥哇哈哈的大笑起來，順利回到家。於是，他們準備了粟餅，分別放在狼森和笊森裡。

到了第二年夏天，平坦的地方都成了田野，房舍還加蓋了小屋，又建了大穀倉。

此外，馬也增加到三匹。那年秋天的收穫，讓大夥開心得合不攏嘴。

他們心想，今年不論要準備多大的粟餅都沒有問題了。

可是，果然又發生了一件奇妙的事。

某個整片大地都結霜的早晨，穀倉裡的粟米全都消失不見了。大夥兒坐立不安，把附近四周都翻了個遍，可是，不論哪兒都看不到一粒粟米。

大家筋疲力盡，只好各自朝著任意的方向呼喊道：

「有沒有看到我們的粟米呀？」

「沒看到哦。」森林一齊回答。

眾人各自拿起順手的武器，首先走到最近的狼森去。

九匹狼已經跑出來恭候了，他們一見到大夥兒，便呵呵笑著說：

「今天也吃粟餅哦。粟米不在這兒，不在、不在，絕對不在這兒。去別處找找，沒有再來吧。」

大夥兒覺得很有道理，便退出森林，往笊森的方向走去。

然而，紅臉的山怪已經站在森林的入口，笑瞇瞇的對他們說。

「粟餅好，粟餅妙。我啥也沒拿喲，要找粟米，去更北的地方試試吧。」

大夥兒聽了，覺得很有道理。於是又往北方的黑坂森，也就是把這故事告訴我的森林入口走來。

「把粟米還來吧，把粟米還來吧。」

黑坂森沒露出形體，只用聲音回答道：

「天亮的時候，我看見一雙漆黑的大腳，往北方的天空飛去，你們再往北邊去看看吧。」但是那聲音對粟米的事隻字未提。我也認為他並沒有說謊。因為，這座森林把故事告訴我之後，我從錢包裡拿出僅有的七個銅板當作謝禮，但是這森林說什麼也不肯接受，它的性格就是如此爽快。

說回主題，大夥兒覺得黑坂森說的很有道理，又往北方走去了。

那兒正是松樹黑壓壓的盜森。所以，大夥兒說：

「聽它的名字，就覺得是它偷的。」他們走進森林，邊走邊喊道：「喂，把粟米還來、把粟米還來。」

從森林的深處走出一個雙手又黑又長的高大巨人，他拉開破嗓子說道：

「你們說什麼？竟然叫我小偷！誰敢這麼說，我就把他打得稀巴爛。說起來，你們到底有什麼證據？」

「有證人，有證人。」大家回答道。

「是誰？混帳，是誰這麼胡說八道。」盜森咆哮道。

「是黑坂森。」大家也不認輸的大叫。

「那個傢伙說的話根本不能相信。不能信、不能信，絕不能信。混帳！」盜森嚷嚷著說。

群眾中有人覺得有理，有人覺得害怕，彼此互看了一眼，打算逃出去。

突然間，頭頂上傳來清亮而威嚴的聲音：「不對不對，這可不行！」

抬頭一瞧，原仔是戴著銀冠的岩手山在說話。盜森的黑巨人抱住頭倒在地上。

岩手山有條不紊的說道：

「小偷的確就是盜森。我在黎明的時候，憑著東方天空的日光，和西方的月光，把他的作為看得一清二楚。但是，各位請回去吧。粟米一定會還給你們的。所以請對他網開一面吧。盜森只是因為很想自己做個粟餅，所以才去偷粟米的。哈哈哈。」

然後，岩手山再次安靜下來，仰頭看天，而巨人也消失不見了。

大夥兒一顆心落了地，嘰嘰喳喳的聊著天走回家去。打開穀倉一看，粟米已經完好如初的回到原位。於是大家笑著搗起粟餅，送到四個森林裡去。

其中，他們送到盜森的粟餅最多，只不過裡面摻了一點沙子，但這也是沒有辦法的事。

從此之後，森林們全都成為大家的好夥伴，而每年初冬，也一定都能收到粟餅。

但是，粟餅也會隨著時節好壞而變得很小，不過這也是沒辦法的事，黑坂森林裡的黑巨石最後這樣告訴我。

要求特別多的餐廳

注文の多い料理店

兩個年輕的紳士，打扮成英國軍人的模樣，扛著亮晃晃的步槍，牽著兩隻大如白熊的獵狗，走在深山小路上，一邊聊著這樣的話題。

「這座山裡可真奇怪，連一隻鳥、一頭獸都沒有，真想好好放個幾槍啊。」

「要能對準鹿的黃肚皮，射個兩三槍，再看著牠轉個幾圈，倒地不起，那該有多過癮啊。」

他們所在的地方山深路遠，連領路的專業獵人都迷失了方向，不知走到哪裡去了。

而且因為山中情勢太險惡，兩隻大如白熊的獵狗不久即頭暈目眩，叫了幾聲後便口吐白沫的死了。

「說實話，我損失了兩千四百元。」一名紳士試著翻開狗的眼皮說道。

「我損失了兩千八百元。」另一人忿忿不平的歪著脖子說。

第一名紳士臉上一陣青一陣白，目光炯炯的看著另一名紳士的臉說：

「我想該回去了。」

「也好，我有點冷，肚子也餓了，正有打算回家。」

「那麼，我們就在這兒掉頭吧。回程時，在昨天下榻的旅店，花個十元買隻山鳥回去就行了。」

「兔子也不錯呀。反正結果都是一樣的嘛。那我們走吧。」

可是，問題來了。他們完全摸不清方向，不知該往哪兒走才能回去。

風呼呼的吹起，草兒窸窸窣窣，樹葉颯颯作響，樹木轟隆大鳴。

「肚子真餓了，從剛才開始，我的側腰就痛得受不了了。」

「我也是，真不想再走下去了。」

「我也不想走路啦。啊，真頭痛，好想吃點東西啊。」

「好想吃啊。」

兩位紳士在發出簌簌聲的芒草中，說了這樣的話。

此時，無意間回頭一看，出現了一家氣派的洋房建築。

而且，玄關上掛著一個招牌寫道：

RESTAURANT
西餐廳
WILDCAT HOUSE
山貓軒

「吾友，說巧還真巧。這裡不正開了一家餐廳嗎？我們進去吧。」

「咦，真稀奇啊，餐廳會開在這種荒郊野外。但是，至少能隨便填點肚子吧。」

「當然可以啦。招牌上不就這麼寫著嗎？」

「我們快進去吧，我已經快餓昏了。」

兩人站在玄關前，玄關是用瀨戶窯燒的白磚砌成，高雅堂皇。

而且大門是鑲了玻璃的雙扇門，上面用燙金字體寫道：

歡迎所有人光臨，身分不拘，無需客氣。

兩人站在門前大喜過望的說：

「你看看這裡寫的，這世界果然處處有溫暖啊，雖然今天一整天處處碰壁，但在這裡卻能遇到這麼幸運的事，這兒雖然是餐廳，卻可以免費享用啊。」

「看起來似乎可以白吃一頓了。這兒寫的『無需客氣』，應該就是這個意思。」

兩人推開門，走進屋裡，面前是一條走廊。玻璃門的背面用燙金字體這麼寫道：

特別歡迎肥胖和年輕的貴客。

兩人看到特別歡迎幾個字，更是欣喜無比。

「老友，我們是店裡特別歡迎的客人呢。」

「我們倆正好兩者兼是啊。」

朝著走廊走了一會兒，來到一扇漆成水藍色的門前。

「這房子真奇怪，為什麼要有這麼多扇門呢？」

「這裡走的是俄羅斯風格。寒帶地方和山區都是這麼做的。」

兩人正想打開那扇門時，上面的黃色字體這麼寫道：

本店是一家要求特別多的餐廳，敬請包涵。

「開在如此深山裡，生意卻好像很不錯呢。」

「可以想見吧。你看，就算是東京的大餐廳，也很少開在大馬路上。」

兩人一邊說著，推開了門。而門的後面又寫道：

因為本餐廳訂單很多，敬請多多忍耐。

「這究竟是怎麼回事啊。」一個紳士皺起眉說道。

「嗯，一定是點單太多了，忙不過來，向我們道歉的意思吧。」

「應該是吧，真想早點進到餐廳裡啊。」

「而且也很想到桌前坐下啊。」

不過，令人心煩的是，又來了另一道門。而且門邊掛著一面鏡子，鏡子下方放了一隻長柄刷。

門上用紅字寫著：

尊貴的客人，請在這裡將頭髮梳理整齊，並且將鞋上的泥巴刷掉。

「這說得十分合理。我剛才在玄關時，還因為開在山裡就小看它了呢。」

「這是家講究禮節的店。一定經常有不少高官名仕前來用餐。」

於是兩人在門前，把頭髮梳理好，又將鞋上的泥巴刷乾淨。

接下來到底是怎麼回事呢？就在他們把刷子放在板上，那刷子突然變得透明，然後消失不見。一陣風呼呼的灌進屋裡。

兩人吃了一驚，彼此相倚著，嘎的一聲打開門，進到下一個房間。兩人心想，若不快點吃到暖呼呼的食物，增添精力的話，就會有大麻煩了。

門後面，又寫著奇怪的文句。

請將獵槍和子彈放在這裡。

定睛一看，旁邊有座黑色的櫃台。

「有道理，扛著獵槍，怎麼吃飯呢。」

「不，我想一定有大人物在裡面吧。」

兩人卸下獵槍，解開皮帶，然後放在台子上。

又是一道黑色的門。

敬請將帽子、外套和鞋子脫下來。

「怎麼樣？脫不脫？」

「沒辦法，脫吧。裡面肯定有很偉大的客人在。」

兩人把帽子和外套掛在鉤子上，又脫了鞋，吧嗒吧嗒的走進門裡。

門的背面寫道：

領帶夾、袖扣、眼鏡、錢包、其他金屬物品，尤其是尖銳的東西，均請放在此處。

門邊放著堅固的黑色保險庫，門上掛著鑰匙敞開著。

「哈哈，看來某些菜需要用到電呢。它一定是指金屬物品有危險性，尤其是尖銳的東西更危險吧。」

「我想也是。這麼看來，結帳之後應該是在這裡付錢吧。」

「似乎是這樣。」

「我想一定是的。」

兩人脫下眼鏡，摘掉袖扣，全部放進保險庫，然後關起來上了鎖。

再走一會兒，又來到另一扇門。門前擺了一個玻璃壺。門上這麼寫道：

請將壺裡的乳油塗滿臉部和手腳。

打量了一下，壺中裝的的確是牛奶的乳油。

「為什麼叫我們塗乳油呢？」

「我看哪，這是因為戶外非常寒冷吧。室內卻很溫暖，為了預防我們走進屋裡，皮膚龜裂，所以才要塗的。看來，屋裡真的有位高權重的人。說不定我們會在這種地方，和貴族們隔桌而坐呢。」

兩人把壺裡的乳油塗在臉上、塗在手上，然後又脫下襪子，塗在腳上。不過，壺裡還剩了不少，所以兩人各自裝著在塗臉的樣子，實際上卻偷偷把它吃下肚。

然後，兩人火速打開門，門後面寫道：

塗好乳油了嗎？耳朵上也塗了嗎？

這兒也放了一壺小小的乳油。

「對了對了，我還沒有塗耳朵呢。差一點我的耳朵就會出現裂紋呢。這裡的老闆真是細心又周到啊。」

「嗯嗯，連這種細節都注意到了。話說回來，我真想早點吃到食物啊。一直在走廊上走也不是辦法啊。」

沒幾步路，又來到下一扇門前。

飯菜就快準備好了
不用再等十五分鐘，
馬上就能吃了。
請盡快把瓶中的香水仔細撒在您的頭上。

門前放著一個閃亮的金色香水瓶。

兩人使勁的把香水一古腦撒在自己頭上。

但是那香水不知為何，卻帶著醋的味道。

「這瓶香水怎麼有種古怪的醋酸味呀。怎麼會這樣呢？」

「一定是搞錯了。女傭得了重感冒，把它裝錯了吧。」

兩人拉開門，走進裡面。

門後面用大字這麼寫著：

這麼多要求，各位一定覺得很煩吧。真可憐。

不過這是最後一次了，

請把壺中的鹽盡量的塞到身體裡去。

一旁果然放著一瓶美麗的瀨戶燒鹽壺。但這次兩人瞪大了眼睛看著對方塗滿乳油的臉。

「好像不對勁啊。」

「我也覺得不太對勁。」

「說是要求特別多的餐廳，敢情是店家對客人的要求啊。」

「所以啊，這家西餐廳照我推測，並不是招待來人吃西餐，而是把來人做成西餐，自己吃掉的黑店啊。這也、也、也就是說，我、我、我們……」那人打起哆嗦，連說話都結巴起來。

「也就、是說，我、我們……哇——！」另一人也打著哆嗦，再也說不出話來。

「逃吧……」一名紳士喀答喀答的顫抖著，想推開身後的門，但你猜怎麼？那門分毫不動。

前方還有一道門，上面刻著兩個大大的鑰匙孔，割成銀色的刀叉形狀，上面寫道：

哎呀，兩位這麼用心配合，真是辛苦了。

一切都已經準備好了。

來呀來呀，敬請大快朵頤吧。

同時，有兩隻藍色的眼珠，正從那兩個大大的鑰匙孔後面瞪著他們瞧。

「哇——。」喀答喀答。

「哇——。」喀答喀答。

兩人大哭起來。

這時，門後面有兩個聲音偷偷的這麼說：

「不行啦。他們發現了，沒有把鹽塞進去。」

「那還用說嘛，老大寫得太明顯啦。對那些人提了那麼多要求，一定覺得煩了吧。而且還寫了『真可憐』這種話，太粗心啦。」

「管它的，反正到最後，老大連個骨頭也不會分給我們。」

「就是啊。可是，如果他們不進來的話，我們得負起全責啊。」

「我們招呼看看吧。喂，兩位客人，快點進來呀，來呀、來呀。盤子都洗好了，菜葉也都用鹽醃過了。待會兒，只要把兩位和菜葉拌在一起，盛到潔白的盤子裡就行了。請快進來吧。」

「對呀，來吧、來吧。還是說，你們不喜歡沙拉嗎？要不然等會兒升個火，來個油炸如何？總之請你們快進來。」

兩人因為心頭陣陣劇痛，臉也像揉成一團的紙屑般皺彎。彼此看看對方，又再度打起哆嗦，無聲的流下淚來。

門後面噗哧的笑著，又再大聲叫道：

「請進啊請進。你們哭得那麼傷心，特地塗好的乳油豈不是要流掉了嗎？欸，請進，時辰已到，快啊，快點進來。」

「請快進來，老大已經圍好餐巾，拿著餐刀，舔著舌頭在等待客人您的光臨。」

兩人哼哼嗚嗚、哼哼嗚嗚的哭個不停。

就在這時，從他們身後突然傳來「汪、汪、嗚哦！」的聲音。那兩頭大如白熊的狗兒，頂開了門衝進屋裡來。鑰匙孔的眼珠子霎時不見，狗兒發出低吼，在屋裡四處轉了幾圈。然後高吠一聲「汪！」又猛地往下一道門衝去。門碰地開了，狗兒們像被吸入般衝進去。

在門後的深沉黑暗中傳來「喵、汪、庫嚕庫嚕」的聲音，然後是一陣嘈雜的叫聲。

房間像煙霧般消失，兩人站在草叢中，寒冷得渾身打顫。

抬頭一看，他們的上衣、鞋子、錢包和領帶夾，不是掛在遠處的枝頭，就是散落在近處的樹根旁。風呼呼吹起，草兒窸窸窣窣，樹葉颯颯作響，樹木轟隆大鳴。

狗兒嗚嗚低吟著回來了。

這時，後方有人在叫著：

「大爺啊、大爺。」

兩人立刻精神一振，高聲叫道：

「喂、喂。我們在這兒呢，快來啊。」

戴著蓑帽的專業獵人，沙沙的撥開草叢趕了過來。

兩人這才終於鬆了一口氣。

他們吃了獵人準備的糰子，在途中花十元買了隻山鳥，便回東京去了。

然而，即使回到東京，泡在熱水裡，剛才兩人如同紙屑般皺彎的臉，也不能再恢復原狀了。

烏鴉的北斗七星

烏の北斗七星

心術不正的冷雲，拖曳著就快垂落到地面，令人分不出映在原野上的到底是雪光還是日光。

白雪宛若鉡板鋪蓋在整片田地上，烏鴉義勇艦隊在雲的打壓之下，不得已只好作一橫隊，暫時停在田地上落腳休息。

不論哪隻艦都文風不動。

烏黑油亮的上尉，年輕的艦隊長也挺直了脊梁，動也不動。

鴉群中的總指揮更是既不晃也不搖。鴉群總指揮已經相當年老，眼睛變成了灰濁色，一旦放聲啼叫，就好像壞掉的娃娃發出「唧唧」的聲音。

小孩子不懂如何區別烏鴉歲數，有一次這麼說：

「喂，這個鎮上有兩隻破嗓的烏鴉哦。」

這真是錯得離譜了。第一，鴉群中只有一隻這麼叫，而且牠的嗓子絕不是破了，而是因為在空中發號施令太長久了，所以聲音完全生鏽的關係。也因此，烏鴉義勇艦隊認為這個叫聲，是所有聲音中最出色的。

在雪地上暫時休息的鴉群，看起來就像是一顆顆石頭，又像是一粒粒黑芝麻。用望遠鏡仔細看的話，有大有小就像馬鈴薯一樣。

但是，太陽漸漸西下。

雲層終於往上升高了一點，總之出現了烏鴉可以飛翔的空間。

於是，總指揮氣喘吁吁的發出號令：

「演習準備，開始出發！」

艦隊長烏鴉上尉帶頭，啪的拍打雪面，向上飛起。上尉的部下十八隻，也都依序展翅隨著上尉升空，維持一定的間隔前進。

接著，戰鬥艦隊三十二隻陸續出發，最後才是擔任總指揮的大艦長慎重的飛起。

此時，飛在最前鋒的烏鴉上尉在空中四面八方迴旋飛行，趕到雲朵前端，然後從那兒筆直朝遠方的森林前進。

二十九隻巡洋艦、二十五隻巡防艦緩緩、緩緩的升空，殿後的兩隻則一起出發，這裡也算是烏鴉軍團不規律的地方。

烏鴉上尉飛到森林前，轉向左方。

那時，烏鴉總指揮下令：

「發射大砲！」

全艦隊整齊一致的「嘎、嘎、嘎」發射大砲。

大砲發射時，單腳倏地向後舉高的船艦，是在先前尼答納德拉戰役中負傷的士兵，所以他的腳對聲音特別敏感。

在空中往四面八方盤旋一周之後，總指揮說：

「分開、解散。」他說完，便脫離團隊，低飛降落到杉木上的總指揮官舍。眾鴉群也從行列散去，回到自己的營裡。

不過，烏鴉上尉並沒有立刻回自己的宿舍，他孤身往西方的山皂角樹飛去。

雲色暗淡，唯有西山上窺得到深濃的藍天縫隙，暗暗發出微光。那兒有一顆銀色的星在閃爍著，鴉群叫它馬希利[1]。

烏鴉上尉如同飛箭般降落到山皂角樹上。枝頭早就停了一隻若有所思的烏鴉。她是歌喉最美的巡防艦，也是烏鴉上尉的未婚妻。

「嘎、嘎，對不起我來遲了，今天的演習累了吧？」

「嘎哦。我等了你好久呢。不過，一點兒也不累。」

「是嗎？那就好。不過，我可能必須和你分別一陣子了。」

「哦，為什麼？這真是晴天霹靂。」

「照戰鬥艦隊長的指示，我要去追剿山鴉去。」

「哎呀，可是山鴉很強大吧？」

「嗯，他們眼珠凸出，嘴喙又尖又細，外表看來特別威武，但是，打贏他們易如反掌啦。」

「真的嗎？」

「別擔心。不過，畢竟是戰爭，雙方如何應戰、會發生什麼狀況，都很難預

1馬希利：一般認為應該是指水星（Mercury）。黃昏時開始在西方天空閃爍的說法，也與水星吻合。

料。萬一有什麼意外，你和我的約定就當沒發生過，找個好人嫁了吧。」

「啊，你怎能這樣說。嗚嗚太糟糕了。太殘忍了、太殘忍了。若是那樣，我就太可憐了。嘎哦、嘎哦、嘎哦。」

「別哭了，會讓人笑話的。你看，有人來了。」

烏鴉上尉的部下，烏鴉軍曹長急忙趕來，微微歪頭行禮後說道：

「嘎，艦長大人，點名的時間到了。士兵們已經整好隊，等您校閱。」

「很好。本艦馬上歸隊，你可以先回去了。」

「遵命。」軍曹長飛離樹枝。

「好了，別哭了。明天，我們在陣列中還會再見一次面呢。你要堅強點。喂，你也到點名的時間了吧，得趕快回去才行。來，伸出手來。」

兩隻鴉互相緊握雙手，然後上尉飛離樹枝，匆匆飛回自己的團隊。烏鴉小姐依然一動也不動的停著，彷彿凍結了一般。

夜色降臨。

又到了深夜。

雲氣消散，新煉成的鋼鐵天空，充滿了冰冷的寒光，幾顆小星星聯合著不斷爆開，水車的車軸發出咿呀的聲音。

鋼鐵的天終於變得稀薄，出現了一道裂罅，從中間分成了兩半。裂縫中垂下了許多詭異的長臂，想要抓著烏鴉帶到天頂的彼方。烏鴉義勇艦隊全體出動，大家急忙穿上黑色的軍裝，使盡全力在空中盤旋。鴉哥哥無暇護衛鴉弟弟，相愛的情侶也心急得不時相撞。

等等，我說錯了。

事實並不是這樣。

而是月亮出來了。

壓扁的藍色下眉月從東山哭哭啼啼的升上來，所以，烏鴉軍團終於可以安心就寢了。

轉眼間，森林一片寧靜，只有做了惡夢的年輕水兵，因為踩空了腳一時驚慌，射出一發睏倦的「嘎」聲大砲而已。

但是，烏鴉上尉目光清亮，難以成眠。

「我明天將會戰死。」上尉輕聲自語，朝著未婚妻所在的樹林方向彎下了頭。

如同昆布般黝黑滑潤的樹梢上，歌聲婉囀的年輕巡防艦做著一個又一個不同的夢。

她夢見和烏鴉上尉兩人揮動著雙翼，在無盡的靛藍色夜空中，不時彼此互望，不時自在飛翔。連鴉群稱為馬傑爾大神[2]的北斗七星都近在眼前，甚至可以看見其中一顆星裡發出藍光的蘋果樹。但不知什麼原因，兩人的羽毛突然化成僵硬的石頭，雙雙從空中直墜而下。她呼喚著馬傑爾大神驚醒時，發現自己果真快從樹上掉下去了。她趕忙展開翅膀調整好姿勢，明明看到上尉安然無恙，但不知不覺又打起盹來。這次，她夢到山鴉戴著眼鏡，走到兩人面前，想和上尉握手。上尉搖著手說：不行、不行。山鴉拿出錚亮的手槍，突然對上尉開槍。上尉挺出滑潤的黑色胸襟，撲倒在地，最後大都是她大叫著馬傑爾大神驚醒過來。

從她調整姿勢的振翅聲，到她向馬傑爾的呼喚，烏鴉上尉都聽得一清二楚。

他嘆了一口氣，仰望著美麗的馬傑爾七星，心裡思索著：啊，我雖不知道明天的戰役中，是我戰勝了比較好，還是山鴉戰勝了比較好，但是我會如你所想，盡最大的能力去戰鬥。所有人也都默默祈禱，你的想法能成真。然後，東方天空很快的

2北斗七星所屬的大熊星座，在拉丁語中稱為Ursa Major，這便是馬傑爾之名的由來。

湧出少許銀光。

突然，遙遠的寒冷北方，響起了鑰匙碰撞的聲音，烏鴉上尉迅速拿起夜間望遠鏡，看到那個目標。在星光下朦朧的白色山嶺上，有一棵栗子樹。停上樹梢上仰望星空的，正是敵軍山鴉。大尉的胸膛立刻熱血沸騰。

「嘎，緊急集合、緊急集合。」

上尉的部下們立刻飛離棲枝，飛在大尉周圍。

「突襲！」烏鴉上尉領軍，朝北方直奔而去。

東方天空已出現白光，宛如新研磨出的鏡。

山鴉驚慌的踢開樹枝，展開雄闊的翅膀朝北方逃遁。但這時，驅逐艦群已將他團團圍住。

「嘎、嘎、嘎、嘎。」大砲聲震得幾乎耳邊發麻，山鴉不得不使勁擺動雙腳，往上空飛去。上尉立刻追趕過去，朝牠漆黑的頭部銳利一啄。山鴉搖搖晃晃，往地面墜落，這時軍曹長從旁邊再加一啄，山鴉閉上灰色的眼皮，冰冷的躺在黎明的雪嶺上，再無氣息。

「嘎，軍曹長，你負責把屍體帶回軍營去。嘎，撤退。」

「遵命。」強壯的軍曹長叼起屍骸，烏鴉上尉開始飛回自己森林的方向，十八隻部屬也跟隨在後。

回到森林後，烏鴉驅逐艦群都呼呼的喘著白煙。

「有沒有受傷？有沒有人身上被攻擊到了？」烏鴉上尉犒慰著部下說道。

天已經亮了。

桃汁般的陽光，首先灌注到山上的積雪，然後漸漸往下流，終於流遍整片大地，讓雪地中開出白百合花。

刺眼的太陽懸在東方的雪坡上，發出悲傷的光芒。

「閱兵儀式，預備——，完畢！」總指揮叫道。

「閱兵儀式，預備——，完畢！」各艦艦長叫道。

群鴉在積雪的田野上站在一排。

烏鴉上尉脫離隊列，在晶瑩的雪地上，拉長了腳奔到總指揮跟前。

「報告，今天黎明在塞皮拉山嶺上發現敵艦停留，本艦隊立即出動，將他擊沉。我軍並無死傷。報告完畢。」

驅逐艦隊喜出望外，熱淚滾滾滴落在雪地上。

烏鴉總指揮的灰眼睛也流著眼淚說：

「唧唧，各位辛苦了、辛苦了。幹得好，你已經可以升到少校了吧。你下屬的論功行賞，交給你決定。」

烏鴉的新任少校，想起那隻因為肚餓而下山，被十九隻同伴圍殺的山鴉，又湧出了新的眼淚。

「謝謝。我想順便安葬敵人的屍骨，請恩准。」

「我同意，記得將他厚葬。」

烏鴉新任少校行了一禮，從總指揮面前退下，回到隊列中，仰望馬傑爾星所在的藍色天空。（啊，馬傑爾大神，盼望這世界未來再也不需要殺害沒有仇怨的敵人吧。為了實現這個夢想，就算讓我粉身碎骨也在所不辭。）馬傑爾星正好升起，藍色的天空湧出清亮的藍色光芒。

美麗烏黑的巡防艦鴉小姐，雖然也站在鴉群中，採取立定不動的姿態，卻已是淚流滿面，但巡防艦長假裝沒有看見。明天起，她又能與未婚夫一起參加演習了。鴉小姐喜不自勝，頻頻張開大嘴，在陽光下顯得紅豔豔的，不過巡防艦長剛好轉頭，沒有看見。

水仙月的四日　水仙月の四日

雪姥姥出遠門去了。

雪姥姥有著貓一般的耳朵，灰溜溜的頭髮，她要越過西邊山脈閃亮的捲雲，到遠方去。

一個孩子包著紅毛毯，時時思索著卡利梅拉[1]，慌慌張張走過如同象頭般的雪山坡腳，快步朝家裡走去。（對了，把報紙捲成尖尖的，朝它呼呼吹氣的話，煤炭就會燃起藍火來。我在卡利梅拉鍋裡放一把紅糖，再放一把粗糖，加滿水，接著就用小火慢慢燉了）孩子真的是滿腦子想著卡利梅拉，朝著回家的路匆匆急行。

太陽公公在天上遙遠透澈的寒凍之地，熊熊燃燒著光輝耀眼的火光。

1 即焦糖餅。

那光線筆直射向四面八方，落到地面來時，將蕭索的台地積雪轉化成燦爛奪目的雪花石膏。

兩匹雪狼吐著紅豔豔的舌頭，從象頭形狀的雪坡上走過。這兩傢伙雖然用人眼看不見，但是一旦狂風忽起，他們就會從台地邊緣的雪地，跳上停滯不動的雲堆，在天空中四處飛馳。

「休，不是叫你別走得太遠嗎！」雪童子在雪狼身後信步走著，他把白熊毛皮做的三角帽戴在後腦門上，臉頰紅紅的好似蘋果，

兩匹雪狼搖搖頭，轉了個圈，吐出紅紅的舌頭跑走了。

「仙后座啊，

水仙花已經開嘍。

快快轉起你那

玻璃水車吧。」

雪童子仰頭凝視晴朗的天空，對著看不見的星呼喊著。天空中歡欣喜悅的降下藍色的光波，雪狼們吐著火焰般的舌頭，站在遠遠的地方。

「休，快點來，休。」雪童子喝斥著一面蹦跳，原本落在雪上的影子，突然化

成眩目的白光，兩匹狼豎起耳朵，跑回雪童子身邊。

「仙女座啊，

馬醉木的花已經開啦。

快快噴出你那

油燈裡的酒精吧。」

雪童子疾風般登上象頭形的山坡，坡頂的雪被風吹成了貝殼形，大栗樹戴著一顆美麗金黃色的槲寄生球，挺立在山頂上。

「去摘一些來。」雪童子爬坡時說道。雪狼一看到主人小小的牙齒閃了一下光，像顆皮球似的猛地彈起，跳到樹上，大口咬下結了紅果子的樹枝。雪狼頻頻歪脖子的影子，又長又大的落在山嶺的雪堆上，綠色的樹皮和黃色的樹芯不斷從樹枝上散落下來，掉在剛爬上坡的雪童子腳邊。

「謝謝。」雪童子撿拾起樹屑，遙望著藍白色平原上方的美麗城鎮。河流粼粼閃耀，車站升起了白煙。雪童子的視線滑落到山麓，剛才那個穿紅毛毯的孩子，正一心一意的快步穿過山腳的羊腸雪徑。

「那小鬼昨天推了一整車雪橇的木炭下山，現在買了砂糖一個人回來了啊。」

雪童子呵呵笑著，猛力把手中的槲寄生枝往孩子那兒丟去。樹枝如同彈丸般直線飛越，正好落在那孩子眼前。

小孩子一驚，撿起樹枝，睜大眼睛骨碌碌的向四周張望。雪童子咻的甩了一鞭，哈哈大笑起來。

這時，晴朗無雲、澄澈如鏡的深藍天空紛紛落下鷺羽般的雪花，這讓下方平原的雪、啤酒色的日光、茶色檜樹形成的寧靜週日，變得格外美麗。

孩子拿著槲寄生的樹枝，奮力向前走著。

可是，就當那場大雪下完之後，太陽公公好像又移駕到天空的遠方，在那兒的旅屋[2]重新燒起那道耀眼的白火。

但是，西北方颳來了些許的風。

天空也漸漸寒冷起來。遠處東方大海那側，傳來輕微的喀嗒聲，就像卸下了天空的機關。太陽不知何時已成了雪白的鏡面，而一個小東西似乎就要從中橫越過去。

2旅屋：舉行祭典時，將神轎抬出神宮後暫時放置的地方。

雪童子把皮鞭夾在腋下，握著拳頭，緊閉嘴唇，凝目注視著風來的方向。二狼也伸直了脖子，不時向那裡張望。

風力漸漸轉強，腳邊的雪沙沙的朝後方流去，不久之後，對面山頂上忽然升起了白煙時，西方的天空已暗淡如灰了。

雪童子的眼睛發出銳利火炬般的光芒，天空變得灰白，很快便落下被風割碎的乾燥細雪，前方已完全被灰色的雪覆蓋，再也分不清是雪還是雲。

山坡的各個角落都響起壓軋或是切割般的聲響，地平線和城鎮都被灰煙隔到另一邊去了，只有雪童子的白影茫然直立著。

既似破碎又如嘶吼的風聲中，他聽到了一個奇怪的聲音在說：

「呼呼，還在磨磨蹭蹭做什麼，來啊，快下雪吧，快下雪吧。呼呼、呼呼、快下吧。快飛吧。慢吞吞的在做什麼呢？我可是急得很呢。呼、呼，我不是特地從遠處帶了三個小子來了嗎？快呀，快點下雪。呼——」

雪童子觸電似的跳起來，雪婆婆駕臨了。

啪茲，雪童子響起皮鞭，二狼也一齊跳起。雪童子的臉色發青，嘴唇緊抿，帽子也飛掉了。

「呼——呼，快！再加把勁吧，不許偷懶哦。呼——呼——，快給我加把勁的下雪。今天可是水仙月四日哦，快呀，使勁的下。呼——。」

雪姥姥粗澀冰冷的白髮，在雪與風之間成了漩渦。從漸漸形成的黑雲之間，看得見她尖尖的耳朵，和閃閃發光的金色眼珠。

從西方原野帶來的三名雪童子也是臉色慘白，緊抿雙唇，彼此連聲招呼也不敢打，只是緊張的不斷揮著皮鞭跳過來，跑過去。這一帶已分不清哪裡是山坡，哪裡是雪霧、連天空都分不出來了。只能聽見雪姥姥呼來喊去的吼叫，和童子們交互響起的皮鞭聲，此外還有九匹雪狼現在在雪中奔跑的喘息聲。但是突然間，雪童子隱約聽到剛才那孩子無力抵擋大風的哭泣聲。

雪童子的眼瞳異樣的燃燒起來，他停下腳步思索了一會兒，然後突然用力的揮動皮鞭，往孩子那兒跑去。

可是雪童子搞錯了方向，竟然跑到了南方的黑松山裡。雪童子把皮鞭夾在腋下，再次凝神聆聽。

「呼——呼——，誰敢偷懶可別怪我無情哦，快點下、繼續下。快啊，呼——，今天是水仙月四日哦，呼——呼——呼——呼呼。」

在那樣的狂風暴雪聲間，他又隱約聽到清亮的哭泣聲。雪童子立刻朝著聲音的方向飛去。雪姥姥散亂的頭髮陰森的貼在臉上，山嶺的大雪中，剛才那個披紅毛毯的孩子被大風團團圍住，無法把腳從雪裡抽出來，終於搖搖晃晃的倒在雪地，於是哭著用手撐住雪，試圖站起來。

「蓋上毛毯，朝下趴著呀，蓋上毛毯，朝下趴著呀。呼——」雪童子一邊跑，一邊大聲叫著。但是，對小孩子來說，聽起來只是風聲。他看不見雪童子的形體。

「朝下趴著呀。呼——，千萬不要動，風雪馬上就停了，快用毛毯蓋住，朝下趴著。」雪童子奔回來再次呼叫，孩子依然掙扎著想站起來。

「倒下來呀，呼——。安靜的趴在地上不要動。今天沒有那麼冷，不會凍僵的。」

雪童子再次跑著向孩子呼叫，但孩子只是彎著嘴哭泣，再次努力站起來。

「躺下躺下，爬不起來了吧。」雪童子故意從前面衝過來撞孩子，把他撲倒。

「呼——，再多加把勁吧，不可以偷懶哦。來吧，呼——」

雪姥姥飛來了，那破裂的紫盆大嘴，和尖尖的牙齒隱約可見。

「咦，有個奇怪的孩子在這兒，很好很好，把他帶來收拾掉吧。誰叫今天是水仙月四日呢。帶走一兩個孩子應該沒事吧。」

「對，沒錯，來，快去死吧。」雪童子故意用力的撞向孩子，但一邊小小聲說：

「快躺著吧，千萬別再動了。都告訴你別動了啊。」

二狼會錯了意，跑到孩子身邊，用黑腳在雪雲間不斷踩踏。

「很好很好，這樣就行了。來啊，快把雪降下來。偷懶的人可別怪我心狠啊。呼——呼——、呼呼呼。」雪婆婆又飛到別處去了。

孩子還想再爬起來，雪童子笑笑，再一次用力撞向他。這時候，天空一片昏暗，明明還不到下午三點，但感覺就像太陽下了山。孩子筋疲力竭，再也爬不起來了。雪童子輕聲笑著，伸出手把紅毛毯仔細將孩子完全蓋住。

「好好睡一覺吧，我會幫你蓋上很多棉被的。這樣的話，你就不會凍僵了。做個焦糖餅的美夢，直到明天早上吧。」

雪童子一次又一次在同一個地方奔跑，將許多雪蓋在孩子身上。不久後，便看不見紅毛毯，雪跟周圍一樣高了。

「那個孩子手上還拿著我給他的槲寄生。」雪童子喃喃說著，有點想哭的衝動。

「來啊，再加把勁。今天晚上到深夜兩點才能休息哦。今天是水仙月四日，所以我們不能休息，快呀，再多下一點雪，呼、呼呼、呼呼。」

雪姥姥在遠遠的風中呼嘯著。

於是，一整天就在風和雪及灰撲撲的雲中渡過，太陽下山了，一整個晚上還是不斷、不斷的下著雪。終於在黎明前，雪姥姥再次從南方往北邊飛馳而來。

「好，我看也差不多了。接下來，我準備往海邊去了，你們不用跟來。放輕鬆的歇一歇，為下一場狂風暴雪作準備吧。啊，這成果我很滿意，水仙月四日成功結束啦。」

她的眼睛在黑暗中放射出詭異的藍光，蓬亂的頭髮捲成了漩渦，嘴唇顫抖著往東方飛去。

原野和山丘好像終於鬆懈下來，白雪發出淡藍色的光芒。天空不知何時晴了，桔梗色的天球裡掛滿了各種星座。

雪童子帶著自己的狼，終於有時間彼此寒暄兩句。

「這雪下得可真大呀。」

「是啊。」

「下次什麼時候會再見呢？」

「很難說。不過今年咱們已經下了兩次了吧。」

「真希望早點一起回北方去。」

「是啊。」

「剛才，有個孩子死了呢。」

「別擔心，他只是睡著了。明天我會在那兒做個記號。」

「嗯，回家吧。天亮後還得去別的地方。」

「何必急呢。我倒是有一點想不通。那老太婆不是仙后座的三顆星嗎？那些星都是藍火啊。為什麼把火燒旺起來，就能造出雪來呢？」

「你有所不知，它就和棉花糖一樣啊，只要在鍋裡轉啊轉、轉啊轉的，焦糖便全都成了軟綿綿的棉花糖。所以火燒旺之後，就會變成雪啊。」

「懂了。」

「那，我先告辭了。」

「告辭。」

三個雪童子帶著九匹狼，回到西方去了。

沒多久，東方天空發出黃玫瑰色的光，映出閃耀的琥珀色，最後燃成金黃色。山坡和原野都被新雪覆蓋住。

雪狼累了，困倦的呆坐著，雪童子也坐在雪地上呵呵笑著。他的雙頰紅如蘋果，氣息如同百合般芳香。

耀眼的太陽公公爬上山坡了，今天早上它帶著一抹藍，看起來更加威嚴，日光把滿滿的桃色倒灌出來，雪狼爬起來，張開大大的嘴，嘴裡有藍色火焰在搖晃。

「好啦，你們跟我來，天色已經亮了，我們該叫醒那孩子了。」

雪童子發足快跑，去到昨天埋住孩子的地方。

「來，快把這兒的雪弄散。」

兩匹雪狼立刻用後腳把那兒的雪踢開，風兒把它們吹成了雪霧。

一個穿著雪鞋，披著毛皮的人類，從村子裡往這兒匆匆趕來。

「行了。」雪童子看到露出一角孩子的紅毛毯，便大聲叫停。

「你爸爸來了，快點醒醒吧。」雪童子跑上後面的山坡，掀起一波雪霧。孩子稍微動了一下，於是那個披毛皮的人使勁的跑了過去。

山怪的四月

山男の四月

山怪把金色的眼睛睜得像盤子那麼大，彎著背脊，在西根山的檜木林子裡抓兔子。

可是，兔子沒抓到，倒是抓了一隻山鳥。

山怪縮起雙臂，把自己當成砲彈，朝著山鳥驚嚇飛起的方向撲上去，才抓到山鳥的，那隻鳥被他壓得有一半都血肉模糊了。

山怪開心得滿臉通紅，咧開嘴燦爛的笑起來。他抓起垂著脖子的死鳥，一晃一晃的走出林子去。

然後，他找了個陽光充足的南向枯草坪，把獵物丟出去，用手指抓抓蓬亂的紅髮，然後縮起肩膀躺了下來。

不知何處的小鳥吱吱鳴叫，枯草地上四處溫柔的開著紫色豬牙花。

山怪仰面凝視著碧藍色的天空，太陽就像長紅和金色斑點的山梨，枯草的香氣散布在整個空氣中，正後方山脈的積雪映射出白色的光暈。

（麥芽糖真好吃，天道大人[1]準備了很多糖，但卻老是不給我。）

山怪無意識的思索著雜念時，飄浮在澄澈碧藍天空的雲朵，漫無目的的往東方飛去了。於是，山怪喉嚨底處發出咕嚕咕嚕聲，又思索起來。

（說起雲這種東西，總是隨著風的強弱方向來來去去，有時消散無蹤，有時又突然出現，這就叫做雲助吧。）

那時，山怪不知為何腳和腦袋變得輕飄飄的，有種古怪的感覺，好像頭上腳上的飄浮在空氣中。難道山怪也像雲助那樣被風吹過來颳過去？還是靠著自己飛起來？總之，漫無目標的四處晃蕩。

（不過這裡是七森，真有七座森林的地方。有長了許多松樹的翁鬱森林，也有光禿禿的枯黃森林。既然走到了這裡，離鎮上也不遠了，我乾脆到鎮上去一趟。不

1 天道大人：即太陽。原本是天地自然道理或天神的意思，在宮澤賢治的用語來說，是表現「宇宙意志」的用詞。

過，我得易個容，否則一定會被打個半死。）

山怪自言自語了半晌，姑且把自己化成一個樵夫的模樣。沒走幾步就來到了市鎮的入口，山怪的頭還是輕飄飄的，身體有點歪歪倒倒，不過他還是慢吞吞的往鎮裡走去。

入口是一家老牌的魚攤子，包著鹹魚的髒兮兮草袋、濕答答的沙丁魚都擺在台子上，屋簷下吊了五條暗紅色的熟章魚。山怪目不轉睛的瞪著那些章魚。

（那些長了疙瘩的紅腿竟然能捲到這種地步，實在令人佩服。比那些官府技師穿馬褲的腿還更神氣。章魚在那麼深的藍色海底，還能睜著大眼四處守望，真是太了不起了。）

山怪忍不住吮著手指站起來。就在這是，有個背著沉重包袱，穿著淺黃色髒衣服的中國人，東張西望的從旁經過。他突然拍拍山怪的肩膀說道：

「兄弟，要不要中國布料？六神丸很便宜哦。」

山怪嚇了一跳回過頭大聲嚷道：

「好。」他沒想到自己說得太大聲，拿著圓鍬、穿木屐的魚販老闆、披著蓑衣的村人們，全都回過頭來看他。山怪意識到這點，心裡越發急了，慌張搖搖手小聲的說：

「不，我不是這意思，不買、不買。」

於是中國人說：

「不買也沒有關係，稍微看看就好。」

他邊說著邊把背上的大包袱卸下來放在路中央。那個中國人混濁的紅眼睛，看起來像蜥蜴，讓山怪嚇得直打寒顫。

隨後，那個中國人迅速解開包袱上的黃色繫繩，打開包袱巾和行李蓋，從排列在布料上方的許多紙箱抓起一瓶小小的紅藥瓶。

（哎呀呀，那隻手指好細好長啊，指甲又很尖，真是可怕）山怪默默的心想。

中國人接著拿出兩個小指頭般大的玻璃杯，一個交給山怪。

「兄弟，這種藥喝了很好。沒有毒，絕對沒有毒哦。喝了很好。我先喝，不擔心。我喝啤酒、喝茶，不喝毒藥。這是長壽的藥哦，喝了很好。」

中國人自己咕嘟一聲把藥喝完了。

山怪不知道該不該喝下那杯藥，猶豫的朝四周張望，但奇怪的是，自己早已不在鎮裡，來到了如同天空般青碧廣闊的草原中央，眼前只剩下那個眼眶通紅的中國人，隔著行李站在他面前。兩人的影子黑黝黝的落在草地上。

「來吧，喝下去。可以長壽的藥，喝了很好。」中國人伸出尖尖的手指，頻頻催促。山怪不知如何是好，只想喝了藥趕緊溜走，便猛地一口氣喝了那藥。說也奇怪，山怪覺得身體凹凸長短全都不見了，不斷縮小變得又平又扁，仔細一查，自己不知何時變成了個小盒子，落在草地上。

（我被騙啦，畜生！果然是騙人的。從剛才我就覺得又尖又長的指甲一定有問題。畜生！這下把我害慘啦。）山怪懊惱不已，很想搥胸跺地，可是他現在只是一盒小小的六神丸，根本由不得他了。

但是中國人卻樂得手舞足蹈，不斷雙腳交替跳起來，砰砰拍著手掌和腳掌。那聲音就像鼓聲般，一直迴響到原野的遠處。

然後，中國人的大手突然出現在山怪面前，山怪晃啊晃的升到高處，不久就被收入行李裡的紙盒之間了。

正當他呼天喊地的時候，啪嗒一聲，行李蓋從上面落了下來。但是，美麗的日光還是從行李的孔洞照進來。

（我終於進監牢了，即使如此，太陽還是照耀大地。）山怪獨自竊竊私語，想要強迫把心裡的哀傷蒙混過去，沒想到心情反而更沮喪。

（哈哈，包上包袱巾了，我變得更悽慘了。接下來將是在黑暗中旅行。）山怪盡可能冷靜的告訴自己。

然而，令人驚愕的是，山怪身邊有個會說話的傢伙。

「這位兄弟，你從哪兒來的？」

山怪一開始雖然心中一懍，但立刻想到：

（哈哈，六神丸這種玩意兒，就是把大家用藥變成像我這樣的東西啊。好極了。）

「我是從魚攤前面來的。」他沉著聲回答，於是外面傳來中國人喝止的吼聲：

「你聲音太大了，給我安靜點。」

山怪從剛才就對那中國人反感極了，這時更加勃然大怒。

「什麼！你說什麼鬼話。臭騙子。等你一走進城裡，我就要大叫：這傢伙是騙子，看你怎麼辦！」

外面的中國人靜默沒有回答，有一會兒一點聲音都沒有。山怪甚至想到，那個中國人是不是把兩手叉在胸前痛哭不已。他又想到，以前在山嶺或森林裡放下行李、若有所思的中國人，一定也常被人這麼說。山怪心中充滿了憐憫，想對那人說，剛才的話只是自己胡說的。但外面的中國人用可憐、沙啞的聲音說：

「你這個人，太沒有同情心了。我只是個生意人，我沒飯吃，我就快死了。你這個人，太沒有同情心了。」山怪覺得中國人太可憐，他想，要不然用我的身體讓中國人賺個六十錢，到客棧裡換一頓沙丁魚頭和菜葉湯吧。山怪答道：

「中國先生，好了好了，別哭得那麼傷心。等我們一進城，我就閉上嘴不出聲。你放心吧。」外面的中國人好像終於鬆了一口氣，還聽見他「呼」的吐氣聲，和砰砰拍腳的聲音。接著中國人好像把行李背了起來，裡面的藥盒子碰來撞去。

「喂，是誰？剛才是誰在對我說話？」

「是我啦。那我們接著剛才的話繼續說吧。如果你從魚攤前過來，那你應該知道現在鱸魚一條多少錢？或是魚翅乾十兩錢可以買個幾斤呢？」

「我不知道。那家魚販沒有賣這些東西呢。不過他有章魚。那章魚的腳型非常出色啊。」

「哦？有那麼好的章魚啊。我也很喜歡章魚呢。」

「嗯，這世上沒有人討厭章魚吧。如果連章魚都討厭，一定是個不中用的人。」

「你說得對極了。這世界上還真沒有像章魚那麼出色的動物呢。」

「對呀。這位老兄，你又是從哪裡來的呢？」

「我嗎？上海呢。」

「這麼說你也是中國人嘍。中國人不是被做成藥，就是做了藥在街上叫賣，真是可憐啊。」

「並不是如此。只有那個姓陳的卑鄙傢伙才會來這裡行騙。真正的中國人，多的是了不起的偉大人物，因為我們都是聖人孔子的後裔。」

「雖然我聽不太懂，不過你是說，在外面的那個人姓陳？」

「沒錯。啊，好熱啊，若能把蓋子打開有多好。」

「嗯，看我的。喂，陳老大，這裡面太悶熱了，能不能稍微吹點風？」

「等一等就不會熱了。」陳在外面說道。

「若不快點吹點風進來，我們大家都會蒸熟了，到時可是你的損失。」

陳在外面發出驚慌失措的聲音。

「那個，太麻煩了，你們再忍一忍吧。」

「這不是忍不忍的問題，我們又不是自己喜歡被蒸熟，它自然而然就熟了嘛。快點打開蓋子吧。」

「再等二十分鐘就好。」

「啊？真沒辦法。即然如此那就走快一點吧。沒辦法，只有你一人待在這裡嗎？」

「哪兒的話，還有很多人，大家都在哭呢。」

「那傢伙太可憐了。老陳真是個壞蛋。說起來，我們真的再也無法回到原狀了嗎？」

「可以。你的骨頭還沒有變成六神丸，所以，只要吞下藥丸，就能恢復原狀。就是你身邊，那個黑色藥丸的瓶子。」

「是嗎？就這個藥瓶沒錯。那麼我馬上吃。不過你們不能吃嗎？吃了沒有用嗎？」

「沒有用。不過，等你吃了藥丸，變回原形之後，把我們所有人浸在水裡，用力搓一搓，到時候再吃藥丸，大家就能恢復了。」

「真的嗎？那好，我來做吧。我一定會想辦法讓大家都恢復原狀。你說的藥丸就是這個吧。而這邊的瓶子就是人變成的六神丸嗎？陳剛才也跟我一起喝下這藥汁，為什麼他不會變成六神丸呢？」

「因為他連藥丸一起吃了。」

「哦，是嗎？如果陳只吃這藥丸的話會怎麼樣？本來就是個人又變回原來的人？好像說不通啊。」

這時候，他聽見外面的陳叫賣的聲音：

「要不要中國布料呀？老兄，中國布料很好哦。」

「哈哈，開始了。」山怪小聲說著，覺得很有趣。突然間，蓋子開了，光線刺得他睜不開眼。他勉強睜大眼睛往外看去。一個馬桶蓋髮型的小孩，呆呆的站在陳面前。

陳捏了一顆藥丸拿到嘴邊，同時又拿出湯藥和杯子。

「來，喝了這杯藥吧。這個藥可以延年益壽，來，喝下去就好。」

「開始了、開始了，就快開始了。」行李中有人在說。

「我喝啤酒、喝茶，可是我不喝毒藥。來，喝下去就好，我先喝。」

這時候山怪也吃了一顆藥丸，突然間，他不斷變大變大變大。

山怪恢復成原來紅髮粗壯的人形了。陳本來正要把藥丸和湯藥一起吃進去，但被山怪嚇了一跳，竟然把湯藥灑了，只吞下藥丸。啊，糟糕，陳的頭越變越長，成了原本的兩倍那麼長，個子也越長越高。他「哇——」了一聲，伸手想抓住山怪。山怪變成了一顆球，沒命的逃跑。但不論他怎麼跑，腳卻好像踩在空氣中一般，最後終於被抓到了。

「救命啊——，哇！」山怪大吼一聲，睜開了眼睛，原來都是夢。

雲朵發著光飄過天空，枯草芳香而溫暖。

山怪發了一會兒愣，瞧了瞧那隻山鳥閃亮的羽毛，思索著把六神丸紙盒沾水搓一搓的說法，不知不覺又打了個大呵欠，然後說：

「哼，畜生，這些都是夢裡發生的事，那個陳和六神丸都不關我的事啦。」

然後，他又打了個呵欠。

柏樹林之夜 かしわばやしの夜

清作嘴裡一邊念著「太陽下山嘍、太陽下山嘍。」一面把泥土撒在稗子根部。

這時，黃銅打造的太陽已經落在南邊山腳的寶藍色中，原野變得格外寂寥，白樺樹幹彷彿噴上了粉。

突然間，從遠處的柏樹林傳來一個走調又奇怪的聲音喊道：

「薑黃色帽子的鏗卡拉鏗的鏗。」

清作吃了一驚，臉色大變。立刻丟開鋤頭，躡手躡腳的悄聲跑過去。

正好來到柏樹林前時，冷不防後頸被人抓住。

清作吃驚的回過頭，一個眼神銳利、個子高得嚇人的畫家，戴著紅色土耳其帽、身上穿著鼠灰色寬大衣服，正怒氣騰騰的看著他。

「你是什麼人？鬼鬼祟祟的，像隻老鼠一樣。如何，你有什麼好辯解的？」

清作當然沒有話可以辯解，而且若是解釋不清，最後可能會吵起架來，於是他猛地向著天空，拉開嗓門吼道：

「大紅帽子的鏗卡拉鏗的鏗。」

那個高個子畫家一聽，乍然放開了清作的脖子，發出狗叫般的笑聲，那聲音不斷迴響在樹林間。

「厲害，果然厲害。怎麼樣？要不要在樹林裡稍微逛一逛？對了對了，我們彼此都還沒有互相問候呢。由我先來吧。聽好嘍，晚上好。原野上散布好多剪下的小影人呢，這就是我的問候。懂嗎？現在換你了。咳咳。」畫家露出惡作劇的表情，從斜上方不屑的俯視著清作。

清作心裡七上八下，但因為傍晚時分，肚子早已餓了，雲朵看起來就像一顆顆湯圓，於是他回答：

「呃，晚安，這是個美妙的晚上。呃。天空就像用銀粉塗過一般。對不起。」

但是，畫家顯得相當開心，他用力鼓著掌，而且還跳起來說：

「喂，兄弟，去吧，到林子裡去。我來這兒是去柏樹大王家作客，有件有趣的東西要給大家看。」

畫家突然正經起來，扛起被塗得紅紅白白的髒油彩箱，輕快的走進林中去。因此，清作也放下鋤頭，晃著空閒的兩手跟在他後面。

林子裡一片淺黃，充滿了肉桂的香氣。但是，從入口處數去第三棵年輕柏樹，卻抬起一隻腳，正開始學舞步。一看到兩個人迎面走來，它嚇了一跳，難為情到極點，於是尷尬地舔著單腳膝蓋，一面側眼看著他們通過。尤其是清作通過時，它還嘲弄的笑了。清作不知道該如何反應，只能默默的跟在畫家後面。

可是，不論哪棵樹，雖然對畫家的態度都很友善，一看到清作卻又擺出不悅的樣子。

一棵糾結凹凸的柏樹，當清作經過時，突然在昏暗中伸出自己的腳，想要絆倒清作。但清作吆喝了一聲，便從樹根跨過去了。

畫家回過頭問：

「有什麼事嗎？」但又立刻轉回頭大步向前走。

正好一陣風颳來，林中的柏樹全都發出微微恐怖的聲音說：

「清啊清風吹清作，清啊清風吹吹霸。」

想要嚇唬清作。

但是清作反而把嘴張得大大的，往旁邊一站，大聲嚷道：

「呵哈呵哈呵清作，呵哈呵哈哈霸霸。」柏樹全都嚇傻了，立刻閉口不言。畫家啊哈哈、啊哈哈的笑聲就像抽筋似的。

兩人在樹林間走了好遠，來到柏樹大王的面前。

大王有十九隻大小不一的手，和一隻粗腿。站在四周圍的堅實柏樹家臣，一臉嚴肅的互相較勁。

畫家把顏料盒隨意放在地上，這時大王挺直駝彎的背，低聲對畫家說：

「回來了嗎？我等了你很久呢。你後面那位是新客人嗎？那個人不可以進來，他是個前科犯，前科犯了九十八條罪哦。」

清作生氣的咆哮道：

「胡說八道，我哪是什麼前科犯？我是個正直的人。」

大王也挺起樹瘤滿布的胸口發起怒來。

「說什麼話！我可握有確實的證據，而且帳本上也都有記錄。你那可惡的斧頭留下的九十八隻腳還在我們林子裡，它們都是血證。」

「啊哈哈，你這話真可笑。你說的九十八隻腳，就是九十八株樹頭吧。那又怎麼樣了？我已經買二升酒，送給山主藤助了。」

「既然如此，為什麼不買酒給我？」

「沒有買給你的道理。」

「錯了，有，有很多。快去買。」

「沒有買給你的道理。」

畫家皺起眉，苦惱的看著兩邊爭執不下時，突然在樹林間指著東方大叫：

「喂、喂，別再吵架了，等會兒月神可要笑話你們了。」

抬頭一看，東方黑沉沉的連綿高山上，一輪淡桃色的月亮正冉冉升起。月亮的附近成了淡淡的綠，柏樹裡的小夥子們宛如跳起來般向月亮伸出雙手，齊聲叫道：

「月神、月神，月亮女神，

沒注意您到來，請恕罪。

您的駕臨與平時不同，

一時沒看見，請恕罪。」

柏樹大王也捻著白鬍子，沉吟了幾聲後，望著月亮靜靜的唱起歌來。

「今夜，您穿上了粉紅色的舊衣裳，
柏樹林的這個夜晚，
乃是夏之舞的第三夜

晚一點，您將換上水藍色的今日新裝
柏樹林的歡樂
都將懸掛在您的天空上。」

畫家開心的拍起手。

「唱得好、唱得好。不錯不錯，夏之舞的第三夜，大家輪流上來歌唱吧。用自己的節奏唱自己的歌，我會把第一名到第九名的獎牌畫出來，明天掛在枝頭上。」

清作一時興起，也跟著說：

「好啊來吧。倒數第一名到第九名，明天我就把你們砍下來，送到可怕的地方去。」

柏樹大王生氣了。

「你說什麼！太無禮了！」

「哪裡無禮了？我只砍九棵，反正再給山主藤助買酒就行了。」

「既然如此，怎麼不買給我？」

「沒有買給你的道理。」

「不對，有這道理，有很多。」

「沒有。」

畫家皺起眉頭，急忙揮揮手說：

「怎麼又開始了。算了，我來唱首歌幫你們消消氣吧。星星也漸漸出來了，聽好嘍，我要唱了。這是獎品的歌哦。」

「第一名是白金獎，

第二名是黃金獎，

第三名是水晶獎，

第四名是白鎳獎，

第五名是白鐵獎，

第六名是假金獎，

第七名是灰鉛獎，

第八名是白錫獎，
第九名是火柴獎，
第十名到第一百名，
是可有可無獎。」
柏樹大王轉怒為喜，哈哈哈的大笑起來。
柏樹群在大王面前圍成一個圓。
當月亮換上水藍色的衣裳，把林子裡映成了淺水灘一般，樹影成了淡淡的網落在地上。
畫家的紅帽子彷彿也熊熊燃燒起來，他站直身體，拿著筆記本，舔舔鉛筆說：
「來，快點開始吧，越早唱，分數越高哦。」
於是，一棵小柏樹呼的從圓環中跳出來，向大王行禮。
月光一時變成了藍色。
「你要唱什麼歌？」畫家皺著臉，一本正經的問。
「我要唱馬和兔。」
「好，開始。」畫家在筆記簿上記錄下來。

「兔子的耳朵雖然長……」

「稍待一會兒。」畫家叫停，「鉛筆斷了，等我把它削尖一點。」

於是，畫家脫下右腳的鞋，開始在鞋裡削鉛筆。柏樹群從遠處看著十分感動，大家一邊看著竊竊談論。大王終於開了口：

「啊，客人，多謝你。您不想把這林子弄髒的盛情，由衷感激。」

但是，畫家若無其事的回答：

「不是的，等會兒我要用這些碎屑做醋……」

聽到這話，連一向鎮定的大王也有點作嘔的側過頭去，柏樹們也大感掃興。連月光都變得蒼白起來。

畫家削好鉛筆，站起來，愉快的說：

「好了，請開始吧。」

柏樹一陣騷動，月光也變得淡藍清澈，大王調整了心情，連聲附和。

小柏樹挺高了胸口，重新開唱。

「兔子的耳朵雖然長，

卻沒有馬的耳朵長。」

「哇，唱得好、唱得好。哈哈哈、哈哈哈。」眾樹都又笑又鬧的好不開心。

「第一名，白金獎。」畫家高呼一聲，並在筆記本記錄下來。

「我要唱狐狸的歌。」

又一棵年輕的柏樹走出來，月光帶了一點綠色。

「好的，請開始。」

「狐狸，空空叫，狐狸的孩子，

月夜裡燒掉了尾巴。」

「哇，好棒好棒。哇哈哈、哇哈哈。」

「第二名，黃金獎。」

「接下來換我。我要唱貓之歌。」

「好的，請開始。」

「山貓，喵喵，滾滾，

家貓，呼嚕嚕，滾滾。」

「哇，很好很好。哇哈哈、哇哈哈。」

「第三名，水銀獎。喂，各位柏樹，請大樹們也出來唱吧。為什麼這麼扭扭捏捏的呢？」畫家露出不懷好意的表情。

「我要唱胡桃樹的歌。」

有一點大的柏樹羞怯的走出來。

「好，請大家安靜的欣賞。」

柏樹唱道：

「胡桃樹是綠的金黃色啊，

被風一吹，咻咻咻咻。

胡桃樹是綠的芭蕉扇，

被風一吹，啪啦啪啦啪啦。

胡桃樹是綠的金黃色啊，

被風一吹 嘩嘩嘩嘩。」

「出色的男高音啊。唱得真好。哇哇。」

「第四名，白鎳獎。」

「我要唱的是猴子的凳子」

「好，請開始。」

柏樹把手靠在腰上。

「小猴子、小猴子

你的凳子淋濕嘍，

白霧飄啊飄、飄啊飄、飄啊飄，

你的凳子爛掉嘍。」

「好個男高音、好個男高音。唱得真好、唱得真好。哇哇。」

「第五名，白鐵獎。」

「我要唱帽子歌。」從入口算來第三棵柏樹說。

「好的，請唱。」

「薑黃色帽子鏗卡拉鏗的鏗，

赤紅色帽子鏗卡拉鏗的鏗。」

「很好很好，太棒了。哇哇。」

「第六名，假金獎。」

從頭開始，一直迫於無奈，乖乖聆聽的清作突然尖叫起來。

「怎麼這樣，這首歌是抄襲的，他剛才學別人唱的。」

「住口，無禮的傢伙，現在沒有你說話的餘地。」柏樹大王氣呼呼的吼道。

「你說什麼？它本來就是抄襲的，我只是說了實話而已。若要說大話的話，我明天帶著斧頭來，把你們砍得片甲不留。」

「什麼！太可惡了。也不看看你什麼身分。」

「開玩笑！我明天就買兩升酒，給山主藤助送去。」

「既然如此，為什麼不買給我？」

「沒有買給你的道理。」

「去買。」

「沒這道理。」

「好了、好了，既然是抄襲的，就給他假金獎嘛。別吵架了呀。好，接下來是哪位？快出來快出來。」

月亮發出清透的藍光，整個林子宛如浸在湖底。

「我要唱清作之歌。」

另一棵年輕結實的柏樹站出來。

「你說啥呢！」清作衝上前，作勢要打他。畫家將他拉開。

「哎呀，別急，你的歌未必就是說你壞話嘛，好了，請唱。」

柏樹晃著腳一面唱起來。

「清作穿著一等兵軍服，

去到原野，摘了很多葡萄。

來啊，誰再接下去唱。」

「呵、呵，」柏樹們全都激烈的發出噓聲，嘲笑清作。

「第七名，灰鉛獎。」

「我要接下去唱。」剛才那棵樹旁，立刻又跳出另一棵柏樹。

「很好，請開始。」

柏樹朝清作瞥了一眼，有點不屑的笑起來，但立刻恢復正色唱道：

「清作把葡萄全都壓碎，

加了砂糖，

封進瓶子裡去。

喂，誰來接著唱吧。」

「呵呵、呵呵、呵呵。」柏樹們發出詭異如風的聲音，想嚇唬清作。

清作再次跳出來，急欲想給所有的樹吃吃他的拳頭，但畫家杵在他面前，他沒辦法衝出去。

「第八名，白錫獎。」

「我來接著唱。」剛才那棵的旁邊，又跳出另一棵柏樹。

「好的，開始！」

「清作收藏在倉庫裡的葡萄酒，

一瓶一瓶的，

全部陸續破裂流光了。」

「哇哈哈哈、哇哈哈哈、呵呵、呵呵、呵呵。呱啦呱啦呱啦……」

「太吵了，你們管別人家的酒幹嘛？」清作似要衝出來，又被畫家牢牢抓住。

「第九名。火柴獎。好了，下一個、下一個，出來吧，大方的出來吧。」

但是，大家都靜默下來，沒有一個人走出來。

「這樣不行，出來、出來。大家都不出來就唱不下去了。出來吧。」畫家高聲嚷著，但還是沒有人願意出來。

畫家逼急了說：

動。

「下一個會頒出很棒的獎哦，大家快點出來唱吧。」柏樹們聽到這裡，開始騷

那時候，在樹林深處有些窸窸窣窣的聲音，一群貓頭鷹在月光下揮著蒼白的翅膀，一溜一溜的出現，停滿了柏樹頭、手和肩膀、胸膛，發出：

「哪羅茲七喔轟、哪羅茲七喔轟，

喔轟、喔轟，

克基哪克基喔轟，

喔轟、喔轟。」的聲音。

長了威武金飾毛的貓頭鷹將軍，矯捷的無聲飛來，站在柏樹大王的面前。紅色的眼袋看起來尤其不太尋常，看來年紀很大了。

「大王殿下、各位高貴的客人，晚上好。今天晚上我們貓頭鷹正好在舉行飛行技術和攫裂術大考，剛才終於結束了。

「接下來，我們何不一起舉行狂歡舞會呢？因為你們的怪歌旋律，傳到了我們的集團裡，所以我們才出來的。」

「怪歌旋律？可惡。」清作大叫道。

柏樹大王假裝沒聽見，只是大力點頭。

「請多指教。歡迎光臨。那麼就請你們盡快開始吧。」

「既然如此，」貓頭鷹將軍轉向大家，用黑糖般的甜蜜聲音唱道：

「烏鴉勘左衛門，

烏黑腦袋滑溜溜，

鳶藤左衛門，

一升油弄得腳底滑溜。

黑暗中，正是我貓頭鷹的

勇猛武士抓蚯蚓的好時機哦，

正是偷襲睡鳥的好時機哦。」

貓頭鷹們鄙視其他人的一起念道：

「哪羅茲七喔轟、哪羅茲七喔轟，

喔轟、喔轟，

克基哪克基喔轟，

喔轟、喔轟。」

柏樹大王眉頭一皺說道：

「你們的歌真不入流，不是君子該聽的歌。」

貓頭鷹將軍擺出古怪的表情，於是，掛著紅白勳章的貓頭鷹副官笑著說：

「哎哎，今天晚上別太生氣比較好，等一會兒就唱一首一流的歌，請大家一起跳舞吧。來，樹和鳥都準備好了沒？

月亮大人、月亮大人圓又圓，

星星大仙、星星大仙亮晶晶，

柏樹堅硬、鏗卡啦卡啦啦，

貓頭鷹哪羅茲七、喔轟轟轟轟轟轟。」

柏樹們不是舉高雙手，仰身朝上，就是想把頭或腳丟向天空，大家都歡欣的賣力舞蹈。貓頭鷹群配合著他們，不時將銀色翅膀張開又收起，搭配得天衣無縫。月光如同真珠般，有些朦朧，柏樹大王也開心的拉開嗓門唱。

「雨兒淅瀝淅瀝、淅淅淅瀝瀝，

風兒呼呼、呼呼呼呼呼，

冰珠嘩啦、嘩啦嘩啦啦啦，

雨兒淅瀝淅瀝、淅淅淅瀝瀝。」

「啊糟了，起霧了。」貓頭鷹副官高喊道。

果然，月亮已被淡淡的藍霧遮掩起來，只能看到模糊的一個環，霧氣如同箭一般落在樹林裡。

柏樹們驚慌的不知如何是好，有的舉起一隻腳，有的高舉雙手，有的吊著眼睛，就這麼像化石一樣動也不動。

冷霧輕輕拂上清作的臉，畫家不知跑到哪裡去了，只留下一頂紅帽子，自己消失得無影無蹤。

還沒學會霧中飛行的貓頭鷹發出逃走的拍翅聲。

於是，清作走出森林，柏木群維持著原來的舞姿，帶著遺憾用側眼目送清作離去。

走出樹林，仰頭看天，剛才月亮在的位置，只剩下模糊的光影，一片狀如黑狗的烏雲正向它飄去。清作依稀聽見，從樹林後面的沼森一帶，傳來畫家聲嘶力竭的呼喊：

「大紅帽子鏗卡拉鏗的鏗。」

月夜的電線杆

月夜のでんしんばしら

有天晚上，恭一穿著草鞋，匆匆忙忙的走在鐵軌旁的平坦空地上。這麼做肯定會被罰錢，而且若是火車經過，從窗口伸出一條長木棍，他肯定會被砸死吧。

但是，那天晚上，他既沒空注意鐵道，也沒有遇到從窗口伸出長木棍的火車。相反的，卻看到一個奇怪的東西。

上弦月掛在天上，天空中布滿了鱗狀雲。鱗狀雲跌跌撞撞的，彷彿月光已全滲透到心底一般。從雲隙中，偶有幾顆寒星一閃一閃的露出臉來。

恭一快步走著，直到前方已能清楚看見火車站的光。孤獨的紅燈、猶如硫黃焰火般的朦朧紫光，瞇起眼睛乍一看時，還以為來到個大都市。

突然，右手邊的信號杆，鏗鐺一聲晃了起來，上面的白色橫杆斜垂下來，並不是什麼奇怪的景象。

只是信號燈放下來而已，一個晚上有時會放下十四次。

但是接下來的場景就令人目瞪口呆了。

從剛才開始，軌道左側發出「咕汪、咕汪」沉吟聲的電線杆，全體大張旗鼓的一齊向北走去。所有電線杆都佩帶著六個陶瓷肩章，頭頂戴著繞有鐵絲刺槍的鋅帽子，用單腳一跳一跳的往前走。它們經過恭一身邊時用白眼瞄著他，彷彿沒把他放在眼裡。

沉吟聲漸漸變高，現在變成頗有古風的雄偉軍歌。

「鐸噔噔、鐸噔噔、鐸噔噔鐸，

我們電線杆軍隊，

速度的世界裡，沒人可相比，

鐸噔噔、鐸噔噔、鐸噔噔鐸，

我們電線杆軍隊，

紀律的世界裡，永遠是第一。」

一支電線杆特別聳起肩膀，好像連桁架都咔啦咔啦的發出聲音。

仔細一看，鐵軌的對面，六根桁架佩著二十二個陶瓷肩章的電線杆，也排成一排，一起唱著軍歌前進。

「鐸噔噔、鐸噔噔、鐸噔噔鐸，

二根桁架的工兵隊，

六根桁架的鐵騎兵，

鐸噔噔、鐸噔噔、鐸噔噔鐸，

一排一萬五千人，

用鐵絲牢牢綁緊。」

不知什麼原因，兩支電線杆的桁架靠在一起，一拐一拐的走來，而且左右晃著腦袋，好像很累似的。更糟的是，他們歪著嘴，呼呼的吐著氣，蹣跚的快要跌倒。

這時從後面跳來一支健壯的好電杆，大聲說道：

「喂，走快點，你們是不是鐵絲鬆啦？」

兩人十分吃力的一起回答：

「我們累得走不動了。腳底蛀了，長靴上的焦油也都變形了。」

後面的電杆不太耐煩的大叫：

「快點走、走啊。就算你們誰倒下來，一萬五千人大家都還有責任呢，快走吧。」

兩人無可奈何的邁出蹣跚的步伐，後面的電線杆前仆後繼的不停走來。

「鐸噔噔、鐸噔噔、鐸噔噔鐸，

戴了長箭的鋅帽子，

小腿就像柱子般牢靠，

鐸噔噔、鐸噔噔、鐸噔噔鐸，

佩在肩上的肩章，

彰顯著重要任務。」

兩人的影子已經走向遠處翠綠色的樹林去，月亮從鱗狀雲中忽地現身，四周頓時一片清明。

每支電線杵情緒高昂，來到恭一面前時，還刻意聳下肩，用側眼對他笑笑才經過。

不過，令他愕然的是，六支桁架的更遠處，還有三支桁架，佩紅肩章的軍隊在行走。他們唱的軍歌，旋律和歌詞似乎都和這邊的不一樣。但這邊的歌聲太嘹亮，聽不見他們在唱什麼。這邊依然不受影響的繼續向他走來。

「鐸噔噔、鐸噔噔、鐸噔噔鐸，

就算寒冷凍裂了皮膚，

為什麼就應該放下桁架，

鐸噔噔、鐸噔噔、鐸噔噔鐸，

就算炎熱融化了硫黃，

又如何能摘掉肩章。」

電線杆馬不停蹄的向前走，恭一不知不覺看得眼瘆，竟發起呆來。

電線杆有如河水般不斷的向他湧來，大家雖然都只看了恭一一眼繼續前進，恭一還是腦袋疼痛，安靜的低下頭來。

突然，遠處在軍歌聲中，夾雜著「一二一、一二一」的沙啞聲音。恭一大吃一驚，抬起頭看去，隊伍旁邊有個臉色泛黃的矮老頭，穿著破爛的鼠灰色外套，專注環視電線杆行列，嘴裡一邊發號司令的喊：

「一二一、一二一。」

在老頭注視下，電線杆像木頭般變得硬梆梆的，腳也變得拘束起來，不敢再左顧右盼。那個怪老頭此時已走到恭一面前，他用側眼打量了恭一好一會兒，又轉向電線杆的方向，發出號令：

「步伐一致，喂！」

電線杆的步調稍微有點淩亂，但仍然在唱著軍歌。

「鐸噔噔、鐸噔噔、鐸噔噔鐸，

右與左的洋刀，

纖長無可比擬。」

老頭在恭一面前停下來，稍稍彎下身子。

「晚安，你從剛才就在觀賞行軍嗎？」

「是的，看了一會兒。」

「這樣？那就沒辦法了。我們交個朋友吧，來，握手。」

老頭拂一拂破爛的外套袖，伸出一隻大黃手。恭一不得已也伸出手去。老頭「呀」了一聲，把他的手緊緊握住。

恭一看到老頭眼珠裡，啪茲啪茲的放出老虎般的藍色火花，恭一感覺身體一陣麻痺，幾乎就要向後倒下。

「哈哈，有點麻吧。這樣的電力算很弱了，我若是多用點力握手，你那隻手恐怕已經焦黑了。」

軍隊仍舊步履堅定的接踵而來。

「鏗噔噔、鏗噔噔、鏗噔噔鏗，塗了焦油的長靴，一步就有三百六十尺。」

恭一心裡害怕起來，牙齒喀答喀答的打顫。老頭觀察了一會兒雲和月的狀況，看到恭一臉色發青，不斷哆嗦的模樣，心裡感到不忍，便用稍微沉靜的口氣這麼說：

「我是電力總長哦。」

恭一稍微鬆口氣的問：

「電力總長，也是電的一種嗎？」

沒想到老頭又生起氣來。

「無知的小毛頭！我不只是電，總之，我是所有電之長，長這個字就是領袖的意思，換句話說，我是電力將軍。」

「將軍的話，一定很有趣吧。」恭一傻傻的問，老頭的臉皺成一團，喜不自勝。

「哈哈哈，很有趣啊，你看那些工兵、那些鐵騎兵、對面的擲彈兵，全都是我的軍隊。」

老頭噗了一聲，一臉若無其事，鼓起一邊臉頰，仰頭看天。然後對著從前面經過的一支電線杆吼道：

「喂喂，怎麼東張西望啊。」

那支電線杆嚇得跳起來，腳癱軟彎曲，然後又急忙朝正前方走去，電線桿還是接續不斷的一路跳過來。

「你知道一個有名的故事吧？有個兒子住在英國倫敦，他老爸則在蘇格蘭的科克夏，那兒子發了電報給老爸，我都把它一五一十的記在筆記本上。」

老頭拿出簿子，然後再拿出一副大眼鏡，正經八百的戴上，繼續說道：

「你可懂英文？這上面寫著：SEND MY BOOTS INSTANTLY，也就是，馬上把我的長靴送來的意思。所以住在科克夏的老爸，慌慌張張的把長靴掛在我那電線杆的鐵絲上。哈哈哈，真是傷透腦筋了啊。而且不只是英國，十二月左右，我去軍營時才知道，每年都有五、六個新兵聽到上等兵下令關燈，還對著電燈吹氣呢。你住的城鎮也是一樣，剛開始裝電燈的時候，大家常常傳說電力公司每年都要用掉上百石的燈油。哈哈哈，怎麼樣，很好笑吧。雖然像我這種懂得能量不變定律和熱力學第二定律的人，一點也不覺得奇怪。怎麼樣，我的軍隊紀律很好吧。軍歌裡也這麼唱的。」

所有電線杆都看著前方跨出步伐，一面故作嚴肅的提高聲量，大聲唱道：

「鐸噔噔、鐸噔噔、鐸噔噔鐸，
我們電線杆軍隊的名聲，
將會永世留芳。」

就在這時，遠遠的在鐵軌盡頭，出現了兩個紅色小火球，老頭看了驚慌起來。

「啊，糟了，火車來了，如果被人發現就完蛋啦。我們必須停止行軍了。」

老頭舉高一隻手，朝著電線杆隊伍的方向叫道：

「全軍，立正——！」

電線杆整齊劃一的停住，完全恢復成原來的樣貌。軍歌也變成只剩下咕汪、咕汪的沉吟聲。

火車氣勢宏偉的急馳而來，火車頭裡的煤燒得正旺，而它的前面站著跨開雙腳、全身黑呼呼的火伕。

可是客車廂的車窗全都是暗幽幽的，老頭突然說：

「咦，電燈怎麼全都沒亮啊，這傢伙真糟糕，豈有此理！」說時遲那時快，他像隻兔子般拱起背，鑽進行進的列車下面去了。

「危險！」恭一正想阻止時，客車的車窗驀地明亮起來，一個小小孩舉起手叫道：「燈亮啦，哇——！」

電線杆低聲的吟唱，信號杆啪的升起，月亮又躲到鱗狀雲裡去了。

而火車，也已經駛進了車站。

鹿之舞的起源

鹿踊りのはじまり

那時，火紅的夕陽從西方炫麗的捲雲中斜斜注進苔原上，芒草像白焰般輕搖閃亮。我太疲倦，在草原上睡去，沙沙吹來的風漸漸像是人在低語，不久後，它述說了北上山丘、原野上的鹿之舞[1]的真正精神。

當那一帶還仍然是野草叢生，原始黑林的時候，嘉十爺爺和一家人從北上川的東邊搬來，開闢了一方小田，種植粟米和稗子。

有一天，嘉十爺爺從栗樹上摔下來，傷到了左膝。那種時候，大家總是去到西山熱泉湧出的地方，搭個小屋住在那兒療養。

1鹿之舞：戴著模擬鹿頭的道具，拍著掛在胸口的大鼓，組織起來跳舞。是日本岩手縣及宮城縣流傳下來的民俗技藝。

天氣好的時候，嘉十也會出門，背著糧食、味噌和鍋，拐著腳漫步在已長出銀穗的芒草原上。

越過幾條小溪和石坡，山脈的輪廓變得壯闊又清晰，山上的樹一棵棵都像金髮蘚般葉葉分明時，太陽已經斜向西邊，在十棵翠綠赤楊樹上，閃爍著有些蒼白的光。

嘉十把背上的行李在草地上卸下，拿出七葉樹果和粟米做的糰子來吃。芒草一叢叢、長滿了整個原野，形成泛著白光的波浪。嘉十吃著糰子，欣賞在黝黑矗立在芒草中的赤楊樹，讚嘆它的樹幹多麼挺拔。

但是，賣力的走了這麼久之後，肚子好像都飽了，所以嘉十把糰子裡的七葉樹果留了下來。

「這樹果就送給鹿吧，喂，鹿啊，快來吃。」嘉十自言自語的說完，把七葉樹果放在梅花草的白花下。然後，又背起行李，悠哉的邁開腳步。

可是，走了一會兒之後，嘉十突然想起，他把手巾落在剛才休息的地方了，便急忙掉頭回去找。他走到可以看見那棵黝黑赤楊樹的時候，一切都沒有任何問題。

可是，嘉十驀地停下了腳步。

因為附近明顯出現了鹿的行跡。

至少有五、六頭鹿伸長了鼻子，安靜的走著。

嘉十小心翼翼的不碰觸芒草，踮起腳尖悄悄的踩著苔蘚，往鹿的方向走去。

鹿的確是來吃剛才那個糰子的。

「啊，小鹿馬上就來了呢。」嘉十咽喉裡帶著笑意咕噥著，然後彎下身體，躡手躡腳的向鹿群靠近。

嘉十從一叢芒草蔭裡伸出頭，嚇了一跳又趕緊縮回去。原來有六隻鹿繞著剛才的草原，圍成一個圈。嘉十從草縫中屏息注視著。

太陽高掛在赤楊樹頂上，樹梢發出奇異的藍光，宛如藍色的生物靜立樹頂，傲視著鹿群。一根根芒草都閃耀著銀光，鹿身上的毛，那天顯得特別美。

嘉十十分歡喜，靜靜的抱著膝觀賞著這一幕。

鹿群圍成一個大環，繞著圓轉起圈來。仔細一看，每頭鹿都注意著環的正中心，證據是牠們的頭、耳朵和眼都朝著那裡，而且還不是像被拖住一般，搖搖晃晃的離開圓環，往中心聚去。

當然，那個環的中心就是剛才嘉十放糰子的地方，不過鹿群關注的倒不是糰子，而是落在它旁邊草地上，彎成く字形的白手巾。嘉十輕輕的用手放倒麻痛的腳，在苔原上坐了下來。

鹿群環行漸漸慢下來，大家輪流將一隻前腳伸向環中心，就像要快跑出去，然後又像受驚般退回原地，達達達達的低聲跑著。那足音悅耳的迴響在原野的黑土底下。然後，鹿群停止繞行，大家一起走到手巾的位置站定。

嘉十的耳邊倏地響起「骰」的聲音。鹿群的心聲如同隨風搖曳的草穗，化成了波浪傳送過來。

嘉十不禁懷疑起自己的耳朵，因為他聽見鹿在說話。

他聽見這樣的對話。

「那麼，我上前去看看好了。」

「不要吧，太危險了，還是再看看動靜。」

他也聽見這樣的對話。

「萬一像狐狸那樣中了陷阱，就得不償失了，只不過是顆糰子。」

「沒錯沒錯，有道理。」

還聽見牠們說：

「說不定是活物呢。」

「唔，的確像是活物。」

終於，其中一頭鹿像是下定了決心，從圓環出去，筆直走近正中央。大家都靜止不動的注視著。前進的鹿盡可能伸長了脖子，一再撐住四條腿，戰戰兢兢的靠近手巾。但牠突然驚跳起來，一溜煙的逃回原處。周圍的五頭鹿也一起嘩的四下散去。但帶頭的鹿停了下來，於是大家也終於安下心來，慢吞吞的集合到那頭鹿跟前。

「怎麼樣？那個白色長長的東西，到底是什麼？」

「只是個直條有皺摺的玩意兒罷了。」

「看來不是什麼活物。果然是一種菇吧。是毒菇吧。」

「不是，不是菇類，我看還是活物。」

「是嗎？活的又有皺紋，難道是年紀大的活物？」

「嗯，是個老年的哨兵吧。呵哈哈哈哈。」

「嘻嘻嘻，是個白臉的哨兵啦。」

「嘸呵呵呵，白臉哨兵。」

「這次我去瞧瞧吧。」

「去啊去啊，沒問題的。」

「它不會吃了我吧。」

「不會，別擔心。」

於是，另一頭鹿戰戰兢兢的往前走去。五頭鹿站在原地一面盯著看，像個波浪鼓般不停搖著頭。

前進的一頭鹿偶爾會因為害怕得受不了，不時把四隻腳縮起來拱著背，再輕輕的伸展開，膽顫心驚的繼續走。

最後終於來到距離手巾一步之遙處，然後盡其所能的伸長脖子，用力嗅一嗅。然後乍地跳起逃走。鹿群也一起抖了一下，準備逃走，但看到那頭鹿停下腳步，所以五頭鹿也就放心的向牠走去。

「怎麼樣，為什麼逃回來？」

「我以為它會咬人。」

「到底是什麼名堂？」

「不知道，總之看起來白白的又有點藍。」

「氣味呢？什麼氣味？」

「像柳葉的味道。」

「那麼，它吐的氣呢？吐氣。」

「不知道耶。那個我沒注意到。」

「這次換我去看。」

「快去吧。」

第三頭鹿也是戰戰兢兢的一步一步走，剛好吹起一陣風，把手巾吹動了一下，前進的鹿大驚失色，立刻牢牢站住，原地的其他鹿也嚇得直發抖，但是鹿終於鎮定下來，再次戰戰兢兢的往前走，終於把鼻尖伸到手巾那兒。

原地的五頭鹿彼此對看著點點頭，但走在前面的那頭鹿倏地一躍而起，逃了回來。

「為什麼逃走？」

「味道很臭。」

「它會吐氣嗎？」

「不知道，並沒有吐氣的聲音哦，好像沒有嘴呢。」

「它有頭嗎？」

「我也不確定耶。」

「既然如此，這次換我去吧。」

第四頭鹿走了出來，他也一樣打著哆嗦，但是他走到手巾面前，下定了決心用鼻子頂了頂毛巾。然後又趕緊逃回來，一溜煙回來了。

「哦，它，軟軟的哦。」

「像泥巴嗎？」

「不像。」

「像草嗎？」

「不像。」

「像蘑蘿的毛嗎？」

「唔，比那再硬一點。」

「到底是什麼？」

「反正是活的。」

「我果然猜對了。」

「唔，還有汗臭味。」

「我也去看一看。」

第五頭鹿同樣小心翼翼的往前走去。這頭鹿比較愛耍寶，牠把頭垂到手巾上，而且露出十分疑惑的表情，歪了一下腦袋，其他五頭被牠逗得又跳又笑。

毛巾旁的那頭因此得意起來，伸出舌頭舔了一口手巾，但乍的恐懼起來，張開大嘴，露出舌頭，風一般的飛奔回來。大家都大為愕然。

「怎麼樣、怎麼樣，被咬到了嗎？會痛嗎？」

「噗嚕嚕嚕嚕嚕。」

「舌頭被咬掉了嗎？」

「噗嚕嚕嚕嚕嚕嚕。」

「怎麼回事、怎麼回事、怎麼回事，快說呀。」

「呼——，啊，我的舌頭縮起來了。」

「什麼味道？」

「沒有味道。」

「是活的東西嗎？」

「不知道到底是什麼東西，這次你去吧。」

「好。」

最後一頭鹿又小心翼翼的出發出。大家津津有味的搖晃著腦袋看著牠。前進的一頭先垂下頭，聞了聞手巾，似乎不再擔心，冷不防叼起手巾就往回跑。這動作把所有的鹿都嚇得跳起來。

「哦，太好了、太好了。把那玩意抓到手，以後就再也不用害怕了。」

「我看這玩意兒，一定是個乾掉的大蝸牛吧。」

「管它的。來吧，我來唱歌，大家繞圈圈吧。」

那頭鹿站在鹿群的中央引吭高歌，眾鹿圍著手巾開始繞起圈圈來。

「原野的正中心，出現一珍寶，
垂涎三尺的美味樹果糰子，
樹果糰子好雖好，
麻煩的是糰子旁邊，
坐著一個威嚴的白面哨兵，
白面哨兵軟趴趴，

既不吠來也不哭，

身兒瘦長又有班點，

哪兒是嘴來，哪兒是頭？

原來是曬乾的蝸牛啊。」

鹿群們一邊跑一邊跳，有時像風一樣奔前，把手巾用角頂一頂，用腳踩一踩，嘉十的手巾就這麼沾了泥巴，四處戳了好幾個洞。

於是，鹿群的巡迴漸漸和緩下來。

「哦，接下來就只剩下吃糰子了。」

「哦，是煮過的糰子喲。」

「哦，圓滾滾的哦。」

「哦，一口接一口。」

「哦，咕嚕咕嚕。」

「哦，好吃。」

鹿群各自散開，從四個角落圍住樹果糰子往中間聚集。

然後，從第一頭探察手巾的鹿開始，一人吃一口糰子。六頭鹿各都只吃了豆粒般小。

然後鹿群又圍成一個圈，繞著圓邁步。

嘉十看久了鹿的動作，彷彿自己也成了一頭鹿，差點就想跳出去和他們一起，但他霎時看到自己的大手，心想萬萬不能那麼做，便又屏住氣息繼續窺看。

太陽這時正好掛在赤楊樹的樹梢中，略帶黃色的閃耀著。鹿群的巡迴又再緩慢下來，忙不迭的互相點頭，然後排成一列直立面向太陽，像是在膜拜它。嘉十看得出神，幾乎以為自己在做夢。

站在最右邊的鹿用柔細的聲音唱道：

「赤楊樹，

翠綠小葉的後面，

掛著赤辣辣的太陽。」

嘉十閉上眼睛，為這水晶笛子般的聲音而顫動。右邊數來第二頭鹿突然跳起，像波浪般起伏翻騰，四處奔跑著鑽進鹿群的夾縫中，並不時向太陽垂頭行禮，然後又回到自己的位置，停下來放聲歌唱：

「若把太陽，

背在背上，
赤楊樹，
就是破碎發光的，
鐵鏡子。」
嘉十聽了十分佩服，也膜拜起雄偉的太陽和赤楊樹。右邊算起的第三頭鹿屢屢抬頭又垂下，同時唱道：
「即使太陽，
落到赤楊樹的後面去，
芒草花的銀邊，
還是一樣閃閃發光。」
一整片芒草的確都像白焰般燃燒著。
「赤楊樹挺立在，
鑲了銀邊的芒草中，
它的小腿有著，
好長好長的影子。」

第五頭鹿低垂下脖子，自言自語的開始唱道：

「鑲了銀邊的芒草下，

黃昏的苔原，

連螞蟻都不去。」

這時，鹿群們全都垂下頭，只有第六頭鹿驀地抬起脖子。

「鑲了銀邊芒草下，

開著梅花草，

花兒嬌美又可愛。」

鹿群一起發出短笛般的叫聲，一躍而起，激情的轉著圈圈。

來自北方的冷風呼呼響著，赤楊樹果真如同破碎的鏡子閃閃發光，甚至可以聽到葉子互相碰撞時，發出卡鏘卡鏘的聲音。芒草穗彷彿與鹿融為一體，也一同呼嚕呼嚕的轉起圈子來。

嘉十已然完全忘了鹿與自己的區別，他嘴裡嚷著「呵呀呀」，從芒草蔭中跳出來。

鹿群大驚失色，竹竿般站得筆直，然後如同風吹起的樹葉般，斜著身子奔逃出去。牠們撥開芒草的銀浪，打亂了夕陽餘暉的流動，直往遠處遁去。待牠們穿過之後，芒草就像平靜的湖水波紋，繼續發出閃亮的光。

於是，嘉十哂笑著，撿起又髒又破的手巾，再度往西方走去。

對了對了，這個故事是在苔原的夕陽中，吹拂過的清風告訴我的。

土地神與狐狸

土神と狐

(一)

在孤木獨立的原野北側,有個稍稍隆起的地方長滿了狗尾草,草叢中有一棵美麗的女樺樹。

雖然樹幹並不大,但她散放著幽幽的暗光,枝枒優雅的伸展,五月時開出雲朵般的白花,秋天,落下金黃、紅色的各種樹葉。

所以,候鳥杜鵑和伯勞、嬌小的鷦鷯和綠繡眼全都停在這棵樹上。只是,如果有年輕的老鷹飛到附近,小鳥從遠處發現牠的動靜,便不會靠過來。

這棵樹有兩個朋友,一個是土地神,祂住在正好五百步遠的谷地裡,一個是從原野南方過來的褐色狐狸。

嚴格說起來，樺樹比較喜歡狐狸。因為土地神儘管頂著神的稱號，卻十分粗魯，頭髮像散亂的棉花束，眼睛紅紅的，連衣服都像裙帶菜般破爛，平時打著赤腳，指甲又黑又長。但是，狐狸總是打扮得典雅高尚，絕少惹惱或觸怒別人。只是如果把兩人細細比較，也許土地神比較老實，狐狸卻有點靠不住。

（二）

初夏的某天晚上，樺樹剛長出新生的嫩葉，在周圍散放著芳郁的香氣。銀河裡的星星遍布天空，不時抖動搖曳，亮起又消失。

星空下，狐狸拿著詩集去玩耍，他穿著剛做好的藏青色西裝，紅皮鞋發出吱吱的聲音。

「真是個寧靜的夜啊。」

「是啊。」樺樹低聲回答。

「天蠍星正往遠處爬去呢。那顆又紅又大的星，以前在中國叫做火呢。」

「它和火星不同嗎？」

「它不是火星。火星是行星呀。但是那星是顆不折不扣的恆星。」

「行星和恆星有什麼不同呢？」

「說起行星啊，就是自己不會發光的星球。也就是說，它吸收了別處的光，使自己看起來像在發光。但恆星是自己會發光的星。像太陽，當然就是恆星了。雖然它那麼巨大又耀眼，如果從很遠很遠的地方看，它也可能只是顆小小的星吧。」

「太陽也是星星之一哦？這麼一看，整個天上豈不是有好多太陽公公。哦不，是星星公公，啊，說起來好彆扭啊，還是太陽公公吧。」

狐狸瀟灑一笑。

「你說的沒錯。」

「星星為什麼會有那樣紅、黃或綠的顏色呢？」

狐狸瀟灑的笑著，把兩手高高叉在胸前，詩集搖搖欲墜，但卻也沒掉下來。

「星星有橙或藍等各種顏色，這是因為所有的星星，在一開始時都是混濁的雲氣。現在的天空裡也有很多。比如像是仙女座、獵戶座和獵犬座都是這樣。此外還有一種環狀星雲，它長得像魚嘴，所以又叫魚口星雲。那種星雲在天空中也很多。」

「啊，希望有一天我能看到。長成魚口形的星，多麼嘆為觀止啊。」

「的確是嘆為觀止。我在水澤的天文台看過。」

「哦，我也想看看。」

「我帶你看吧。其實，我向德國的蔡司公司訂購了望遠鏡，明年春天就會寄來。」狐狸不假思索的這麼說。然後他立即想到了：啊，我只有她一個朋友，卻順口對她說了謊。啊，我真差勁，但是我絕沒有故意騙她的意思，只是為了讓她開心，不小心說溜了嘴罷了。狐狸靜靜的思索了一陣，但樺樹並不知情，仍然高興的說：

「哎呀，太開心了。你待人永遠那麼親切。」

狐狸有點沮喪的說：

「是的，而且不論什麼事我都願意為你做。你要不要讀這本詩集呢？作者叫做海涅[1]，雖然是翻譯的，但寫得相當好。」

「啊，這書借給我不礙事嗎？」

「沒關係，請慢慢欣賞吧。那麼，我失陪了。咦，我們好像有什麼事還沒說

1 海涅：海因里希．海涅（Christian Johann Heinrich Heine, 1797-1856）十九世紀德國詩人。

完？」

「星星顏色的事。」

「啊，對呀對呀。不過下次再談吧。我不好在這兒打擾太久。」

「哎，沒關係。」

「我還會再來的，再見了。書交給你了。那麼，告辭。」狐狸匆匆忙忙的回去了，樺樹被那時吹來的南風沙沙響動著葉片，拿起狐狸放下的詩集，向銀河及天上一整片星斗借來微光，翻起了書頁。那本海涅的詩集裡收集了羅蕾萊之歌及許多美麗的詩篇，樺樹看了一整夜。只是，當原野上過了三點，金牛宮從東方升起時，她微微打起瞌睡來。

夜走了，太陽升起。

草上的露珠晶瑩閃亮，所有的花兒都賣力開放。

土地神從東北方緩步慢慢走來，沐浴在朝陽中的祂，身體就像淋了熔化的銅漿。祂拱著手，一副通曉事理的模樣悠然漫步而來。

樺樹雖然有些不解，但還是閃動著青翠的樹葉，面向土地神走來的方向。樹影落在草地上一晃一晃的搖動，土地神靜靜走來，站在樺樹面前。

「樺樹小姐，你早。」

「早安。」

「本尊有很多事，想了很久也想不出個道理來，難解的事真多呀。」

「哦，是什麼樣的事呢？」

「比方說，小草明明是從黑土地裡長出來，為什麼會這麼青綠呢？而且還開出黃、白色的花朵。真是費解啊。」

「會不會是因為小草的種子帶著綠或白色呢。」

「嗯，有道理，你這麼說也沒錯，不過我還是想不通。比如說秋天的菇蕈，根本沒有種子，卻能從土裡冒出來，而且也有紅有黃，色彩繽紛，這不是很奇怪嗎？」

「您要不要問問狐狸先生呢？」

樺樹還在為昨晚星星的故事而陶醉不已，不知不覺的脱口而出。

聽到這句話，土地神登時變了臉色，握緊了拳頭。

「什麼？狐狸？狐狸他說了什麼？」

樺樹的聲音變得吞吞吐吐：

「他什麼也沒說，我只是覺得，他也許知道一點。」

「讓狐狸來教神仙道理，這還像話嗎，哼。」

樺樹一臉驚恐，咯答咯答的打起哆嗦來。土地神咬牙切齒，兩手高高插在胸口，在附近來回踱步。祂的影子黑黝黝的落在草上，連小草都膽顫心驚。

「狐狸那種傢伙，簡直是世間的禍害，不能用一句話來形容。他卑鄙、懦弱又非常好妒，哼，根本就是個畜生。」

樺樹心念一轉說：

「您的祭典也快到了吧。」

土地神臉色稍稍和緩了說：

「是啊，今天是五月三日，還有六天呢。」

土地神思索了一會兒，又突然怒聲喝斥道：

「但是，人類太不守禮了。近來，連我的祭典都不帶任何供品來，臭傢伙，下次誰敢帶頭走進我的領地，我一定把他踢到泥地裡去。」土地神再次咬牙切齒起來。

樺樹好不容易平息了祂的脾氣，沒想到反而又點燃祂另一頭怒火，令她感到束手無策，只能不住的任風搖動自己的樹葉。土地神曬到了日光，好像火上加油一般，高高叉著雙臂，一面咬著牙在附近徘徊，但他越想越惱火，覺得事事都不如己意，終於再也壓抑不住，咆哮了幾聲，氣沖沖的回到自己的谷地去。

（三）

土地神住的地方是個寒冷濕地，大概有小型賽馬場那麼大，地面長了苔蘚、苜蓿、短蘆葦，此外各個角落也長了大薊、和個子矮小，性格非常奇怪的楊柳樹。

由於潮濕不乾，再加上水表面四處湧出紅色鐵鏽，看起來泥濁不堪，十分噁心。

濕地中央有個小島般的處所，用圓木建了一間只有六尺高的土地神祠堂。

土地神回到島上，在祠堂旁躺了半晌，還不時抓搔又黑又瘦的腳。土地神看見一隻鳥從自己頭上飛過，立刻坐起來大聲「噓」了一下。鳥兒受驚，失去了平衡，搖搖擺擺的快要掉下來，而且翅膀彷彿麻痺了一陣，漸漸低飛逃往遠方。

土地神笑笑站了起來，但是一看向樺樹所在的高處，臉色便驟然變化，僵立不動。然後，雙手抓著腦袋上乾澀的頭髮，把它弄得更髒更亂。

這時，谷地南邊來了個樵夫，他本是去三森山那兒幹活，沿著谷地邊緣，邁著大步走在小徑上，不過他也知道那兒有座土地神祠，所以經過時，不時擔心的望向祠堂，不過，樵夫看不見土地神的形體。

土地神看到這景象十分開心，臉上也熱活起來。祂把右手伸出去，再用左手抓住右手腕往自己身上拉，奇妙的是，那樵夫走著走著，竟然漸漸踩進谷地裡。而且加快腳步，臉色發青、張口喘氣，像是受了驚嚇。土地神慢慢的轉動右手的拳頭，那樵夫便漸漸繞起圈圈來。樵夫愈來愈驚慌，幾乎是喘著粗氣，不斷在同一個地方繞圈子。他拚命想快點逃出谷地，但不論如何心急，卻仍舊在原地繞圈圈。樵夫終於忍不住嗚嗚哭了出來，舉起雙手發足快跑。土地神被逗得樂不可支，躺下來欣賞樵夫的窘態。沒多久，樵夫跑得頭昏腦脹，終於累得趴倒在水中。土地神這才慢慢站起來，跨著大步往樵夫走去，將他的身體往遠處的草原丟出去。樵夫重重摔在草地上，悶哼了兩聲，動了一動，但似乎還沒有清醒。

土地神呵呵大笑，笑聲化成奇妙的音波傳到空中。

傳到空中的聲音，沒多久又反彈回來，落在樺樹附近。樺樹嚇得臉色一變，在陽光反射中變得蒼白，緊張得簌簌發抖。

土地神難以忍受似的雙手撓抓著頭髮，獨自沉思起來。我這麼無聊全都是因為狐狸害的。狐狸還在其次，應該說是樺樹害的。是他們倆害的。但是，我並沒有對樺樹生氣，就因為我不怪樺樹，所以才這麼痛苦。既然不怪樺樹，那麼對狐狸更不用在乎了。就算我再低賤，終究是個神，而且那麼在意狐狸的作為，實在太丟人了。但想歸想，心裡還是在意得不得了，我也拿他沒轍。把樺樹忘了吧，但是，怎麼也忘不了。今天早上她還臉色發白，渾身顫抖咧。那麼清楚分明的事，想忘也忘不了。我惱怒之餘，竟然欺負了那個可憐人，但也沒有辦法，不論是誰，心裡惱怒的時候，很難控制會做出什麼事來。

土地神獨自一人，心煩氣亂的踱來踱去。又一隻老鷹飛過天空，但土地神這次什麼也沒說，只是靜靜的注視牠。

遙遙的遠處傳來騎兵演習的放槍聲，啪契啪契，就像鹽巴爆裂。天空照射下來的藍煙泉湧般向原野流過來，不知是不是吸到了它，剛才被丟到草叢裡的樵夫終於醒轉，怯生生的坐起來，不停張望著四周。

然後他猛地站起，一溜煙的奔逃出去，往三森山方向火速逃走。

土地神看到這景象，又放聲大笑。那笑聲在傳遞到藍天的中途，又往樺樹的方向落下。

樺樹又一次微微顫抖起來，這次葉色沒變，也看不出來。

土地神繞著自己的祠堂不停的繞圈徘徊，直到心情平靜下來，才倏的消失形體，進入祠堂中。

（四）

八月某個濃霧深深的夜晚，土地神懷著難以言說的寂寥和滿腹的惱怒，信步走出自己的祠堂。不知不覺間，祂的腳自動往樺樹的方向走去。事實上，土地神一想到樺樹，心情就揪一下，而且有著無比煩悶。近來祂的心情變好了許多，所以盡可能不想去想到狐狸或是樺樹。但還是不自禁的會想到，祂也沒轍。就算我再低賤，終究是個神，一棵樺樹對我究竟有什麼價值呢？土地神每天都一再的對自己這麼說。即使如此，祂還是悲傷得無法自處。尤其是，只要稍一想到狐狸，身體就像被火灼燒般痛苦。

土地神思索著種種意念，往樺樹那裡走近，過了一會兒祂才清楚意識到，自己正往樺樹那裡走。於是心情也頓時沉入谷底。由於祂好一陣子沒過來，也許樺樹正在等著祂。很可能是這樣的。若真是如此，那就太可憐了。這種思緒強烈的在土地神心中湧起。土地神邁開大步，用力踩著草，心頭躍躍然的走著。然而那樣強有力的步伐突然變得踉踉蹌蹌，一股藍色的悲傷從土地神頭頂灌注下來，令祂不得不停下腳步。原來是狐狸來了。夜色已然降臨，沉滯在朦朧月光中的濃霧裡，傳來狐狸的聲音。

「是的，當然是如此。不能因為它呆板的符合對稱法則，就可以稱之為美。那是種死亡的美。」

「說的太有道理了。」樺樹沉靜的聲音說。

「真正的美，不是那種固定的、化石模型式的東西，就算是合乎對稱的法則，也必須是具有對稱的精神，較為理想。」

「我也這麼認為。」再次響起樺樹婉約的聲音。土地神現在就像身體裡有一股桃紅色的火在燃燒一般。祂的呼吸急促，就快要承受不住了。到底是什麼讓你這麼難受。那只不過是樺樹和狐狸在原野中的短暫對話罷了。這種小事就能擾亂你的心情，你還算是神嗎？土地神責備著自己。狐狸又說道：

「所以說，不論哪本美學的書，討論的也不過就是這些。」

「你有很多美學方面的書嗎？」樺樹問道。

「是的，其實並不多。不過，日語、英語、德語的話，大概都有。義大利的書比較新，還沒有寄來。」

「你的書房一定非常可觀。」

「不敢當。其實是雜亂無章。而且還兼作研究室，有的角落放了顯微鏡，有的角落放了倫敦時報，凱撒的大理石像則倒在地下，完全慘不忍睹啊。」

「哇，太了不起了。真的了不起。」

狐狸既像是謙虛又像是驕傲的哼了一口氣，然後便是一片靜默。

土地神再也待不下去了，聽到狐狸說的話可知，他比自己傑出多了。以前祂安慰自己就算低賤，好歹也是神，但是這番話現在不管用了。啊，真痛苦、真鬱悶啊。恨不得馬上衝出去把狐狸撕成兩半。但是，我就算是做夢，也不該有這種想法啊。然而我這個人比狐狸差了那麼一大截，到底該怎麼辦才好呢。土地神抓搔著胸口心煩不已。

「上次你說的望遠鏡還沒有來嗎？」樺樹又說話了。

「哦，上次的望遠鏡嗎？還沒有來，因為歐洲航線非常混亂，它一直遲遲未送到。如果送到了，我一定立刻帶來給你看。因為土星環真的太美啦。」

土地神猛然雙手摀住耳朵，飛也似的朝北方跑去。祂害怕自己再忍下去，不知會做出什麼事來。

他像一陣煙的疾跑，直到氣喘不過來，倒在地上，那兒已是三森山的山腳。

土地神抓撓著頭髮，在草地上翻滾，然後嚎啕大哭。祂的聲音宛如晴天的雷聲般直達雲霄，整個原野都聽得見。土地神一直哭啊哭的，直到黎明累了才回到自己的祠堂。

（五）

過了不久，秋天來了。樺樹雖然還是綠葉青青，但它周圍的狗尾草已經長出金黃色的穗在風中發光，鈴蘭的果實也成熟轉紅。

某個金黃透亮的秋日，土地神心情大好。今年夏天以來種種痛苦的心思，不知怎地都成了一團團霧靄，變成了環，掛在頭頂上。而且神奇的是，那種壞心眼的念頭，飛到九霄雲外去了，就算樺樹想與狐狸說話，祂也不在乎，只要兩方覺得開心就好。今天，土地神決心把這種想法告訴樺樹，心情輕鬆的往樺樹的方向走去。

樺樹遠遠便看到了土地神。

她憂慮起來，渾身顫抖的等待著。

土地神走上前，愉快的向她問候。

「樺樹小姐，你早，今天真是好天氣。」

「你早，天氣的確很好。」

「我們有了太陽，真是值得感恩。春紅夏白秋變黃。當秋天變成黃色時，葡萄就變紫了，真的感謝上天。」

「你說的對。」

「本尊今天心情非常愉快。雖然今年從夏天開始，遇到各種不如意的事，終於今天早晨心情突然輕鬆起來。」

樺樹本想回答，但不知為何感到沉重，很難回答。

「現在的話，本尊可以為任何人獻上性命。如果蚯蚓非死不可，我也願意代替他去死。」土地神望著遠方的青天說，祂的眼睛黑而深邃。

樺樹又想回答什麼，但還是有種窒息的痛苦，光是吐氣都已經費盡全力。

就在這時候，狐狸來了。

狐狸一看到土地神也在，臉色瞬間變了變。不過這時也不好掉頭離開，只好略帶顫抖的走到樺樹面前。

「樺樹小姐，你早，站在那邊的可是土地神嗎？」狐狸穿著紅皮鞋，披著咖啡色雨衣，還戴著夏季帽這麼說。

「本尊是土地神，天氣真好，對吧。」土地神真的帶著愉悅的心情這麼說，狐狸嫉妒得臉色發青，他對樺樹這麼說：

「您有客人來訪，我來打擾太失禮了。這是上次答應你的書。還有，望遠鏡會在某個晴朗的晚上帶來讓你看的，再見。」

「哎呀，真謝謝你。」樺樹說完，狐狸未向土地神告別，便迅速轉身離去。樺樹的臉一陣青一陣白，又開始微微顫抖起來。

有一會兒，土地神只是呆呆的看著狐狸離去，但狐狸的紅皮鞋在草地上閃閃發光，土地神吃了一驚，才回過神來，腦袋突然一陣昏眩。狐狸逞強似的挺直肩膀，大步往遠處走去。土地神突然惱火起來，臉色也變得黑漆漆的。什麼美學書、什麼望遠鏡！畜生，看我怎麼收拾你！土地神旋即朝狐狸背影追上去。樺樹驚慌失措，整棵樹的葉子都在顫動。狐狸似乎也察覺了不對勁，若無其事的回頭一看，土地神已化成淩厲的黑旋風，自後方追來。狐狸的臉瞬間一變，抿著嘴像風一樣奔逃起來。

土地神感覺整片草原的草，都變成了雪白的火熊熊燃燒著。連發出藍光的天空，也霎時變成昏暗的洞穴，紅色的焰火在洞底發出聲音燃燒著。

兩人像火車般一面跑，一面嗚嗚叫著。

「這下完了，這下完了。望遠鏡、望遠鏡、望遠鏡。」狐狸在腦海的一角全心思索著，同時宛如作夢般奔逃。

遠方有個小小的紅土丘。狐狸繞了一圈，準備鑽進下面的圓洞，然後壓低了脖子，蹬開後腳，打算冷不防的跳進去。就在這時，土地神從後面飛奔而至。說時遲那時快，狐狸的身體已被土地神扭過來，雖然他尖著嘴，露出輕微的笑意，但脖子還是軟趴趴的垂在土地神手中。

土地神把狐狸摔在地上，使勁狠狠的踩了四五腳。

然後祂又鑽進狐狸的洞穴中，黑暗的洞裡用紅土砌得十分堅固，但卻是空空如也。土地神張著大嘴，心頭五味雜陳的走出洞外。

祂看看躺在地上的狐狸屍骸，伸手到他的雨衣口袋裡摸索，從口袋中拿出兩顆褐色的鴨茅草穗來。土地神張著從剛才就沒合上的嘴，不知所措的大哭起來。

祂的淚像雨水般滴到狐狸身上，終於狐狸癱軟著脖子淡淡一笑，然後便斷氣了。

滑床山的熊

なめとこ山の熊

說到滑床山的熊，可真有意思。滑床山是座大山，淵澤川便是源自滑床山而來。滑床山一年到頭幾乎都被寒冷的雲霧所籠罩，四周圍繞著如同青黑色海參或海妖的群山。山腰附近形成一個空盪偌大的洞穴，淵澤川霎時化為三百尺高的瀑布，從茂密的檜樹和石板間轟然直瀉而下。

中山街道[1]這陣子人跡罕至，所以款冬和虎仗四處叢生。為了怕牛隻逃跑上山，道路上設了柵欄，可是如果順著這條崎嶇的路走上三里，就會聽到風從遠方穿過山頂的聲音。留神往遠處看去，就會發現無以名狀的細長白條在山間晃動，落下

1 中山街道：豊澤湖上游，連接注入豊澤湖的桂澤，越過中山隘口，可通河舟的山道。

來形成煙霧。那就是滑床山的大空瀑。據說以前那一帶常有熊出沒。其實滑床山和熊膽，我都不曾親眼見過，都是道聽途說和自己想像的。也許其中有些不正確，但我認為應該是沒錯。總之，滑床山的熊膽早已遠近馳名。

不但腹痛吃了有效，也能治癒傷口。鉛之湯溫泉的入口，從很久以前就掛著「內有滑床山熊膽」的招牌。所以可以確定，熊會在滑床山裡吐著紅舌頭到處漫步，或是熊寶寶玩相撲，到最後熱烈的扭打起來。抓熊的專家淵澤小十郎就曾輕而易舉的抓到他們。

淵澤小十郎是個獨眼老頭，塊頭又黑又壯。腰身大概有個小石臼那麼粗，手掌粗厚，有北島毘沙門菩薩[2]為人治病的手印那麼大。小十郎夏天會穿著菩提樹皮做的蓑衣，套上綁腿，拿著番人用的山刀和葡萄牙流傳過來的大獵槍，帶著精壯的黃狗，在滑床山、雫澤、三叉口、佐界山、松穴林和白澤縱橫行走。因為山谷裡林木蓊鬱，若要溯谷而上，就宛如行走在深綠隧道，有時霍然映出明亮的綠和金色，有時陽光宛如花開般落在地上。而小十郎總是安步當車的來去其中，把這兒當成自己

2原型取自日本岩手縣花卷市東部，猿石川旁東和町成島的毘沙門天像。

家一般。黃狗不是領頭沿著懸崖邊跑，就是噗通跳進水裡，或是卯足全力游過滯濁可怖的深淵，好不容易爬上對岸的岩石後，甩甩身體，把毛上的水滴抖落後，皺鼻等著主人到來。小十郎緊抿著嘴，膝頭以上掀起一道屏風般的白浪，在水中如同圓規一般將腳抽起又插入，從容不迫的走來。雖然我不該說得太武斷，不過滑床山一帶的熊都喜歡小十郎。每當小十郎穿過山谷，通過溪岸邊薊花遍生的細窄平地時，牠們都會在高處靜靜俯瞰著他便可證明這一點。熊兒不是從樹上攀著樹枝，就是抱著膝坐在山崖上，津津有味的看著小十郎。熊甚至也喜歡小十郎的黃狗。不過，再怎麼喜歡，熊群還是不太樂意與小十郎迎面相遇，因為黃狗會像著了火的球一樣撲過來，小十郎的眼神更是精光畢露，用獵槍瞄準了自己。真要遇上了，大多數的熊都會一臉為難的擺擺手，抗拒小十郎的攻擊。但是，熊的性格也各有不同，有些性情凶暴的熊，就會直立起來咆哮大吼，看似要往狗身上踩扁，然後伸出雙手撲向小十郎。但小十郎總會十分冷靜靠著樹幹，站穩雙腳，對準熊胸口的月形白毛，砰的一擊而中。熊發出傳遍森林的悽慘哀號，噗通倒地，汩汩流出暗紅色的鮮血，鼻子悶哼幾聲後斷了氣。小十郎把槍靠在樹旁，謹慎小心的走到熊屍旁說：

「熊啊，我並不是因為恨你才殺你的。我為了營生，非得把你給殺了。以前我也幹過其他不犯罪的活，但我既無田可耕，樹木也都歸官府所有，走出鄉里的話，沒人肯雇用我。走投無路才來當獵人的。既然你生而為熊是因果報應，我幹這種營生也是因果報應。唉，下輩子別再當熊了。」

這種時候，他的黃狗也會瞇細眼睛，狀甚悲傷的坐著。

不知為何，唯獨這隻狗一直陪在他身邊，儘管小十郎四十歲的那年夏天，所有人都患了痢疾，兒子和妻子也在病中過世，牠依然活蹦亂跳。

然後，小十郎從懷裡拿出磨利的小刀，從熊的下顎往下割開，從胸口到腹部將熊皮一口氣剝下。接下來是我最厭惡的的景象。總之，我能確定的是，最後小十郎會把鮮紅的熊膽放進背上的木箱，然後將沾了血、濕淋淋的毛皮拿到溪谷裡洗乾淨，捲成一團背在背上，像洩了氣的汽球般走下溪谷。

小十郎漸漸彷彿能聽懂熊的語言。某年早春，山上的樹都還沒發出嫩芽時，小十郎帶著狗攀爬到白澤去。到了黃昏，小十郎想起去年夏天在前往拔海澤的山嶺，搭了一座竹棚，決定去那兒住一宿。他往那兒爬上去時，不知什麼緣故，小十郎很反常的走錯了登山口。

他走下溪谷，然後重新爬上去，來來回回走了好幾次，連黃狗都累得氣喘吁吁，小十郎緊抿著嘴，喘著氣，終於發現了那座半塌的小屋。小十郎想起屋子下方有座湧泉，稍微往下走了幾步。但他愕然發現，一隻母熊帶著剛滿一歲的小熊，在淡淡的眉月光中，凝視著遠方的山谷，那動作就像人們用手抵著額頭遙望遠方。那兩頭熊彷彿從身體放射出光暈，令小十郎看傻了眼，竟呆站著無法動彈。他聽到小熊撒嬌般的說：

「一定是雪啊，媽媽，山谷的這一側一片雪白，那一定是雪呀，媽媽。」

而母熊端詳了半天之後，才開口道：

「不是雪呀。雪不可能只下在那裡。」

小熊又說：

「那是沒有融化的殘雪嘛。」

「不對，媽媽昨天剛經過那兒去找薊花的芽呀。」

小十郎目不轉睛的看著這一幕。

冷清的月光滑下山的坡面，看起來就像銀色盔甲般發亮。過了一會兒，小熊說：

「如果不是雪，那就是霜嘍。一定是霜。」

小十郎心中暗忖，今晚的確下了霜呢，站在月亮附近，胃星[3]都蒼白打著哆嗦，連月亮的顏色也如寒冰一般。

「媽媽知道，那個呀是辛夷花。」

「什麼？原來是辛夷花呀。我也知道哦。」

「你哪知道呀，你還沒見過呢。」

「我認得呀。上次我採回來過。」

「唉，那不是辛夷花，你採回來的是梓樹的花。」

「是嗎？」小熊裝傻回答。小十郎心中莫名的充滿感動，再次看了一眼山谷裡白雪般的花，和沐浴在月光下熊母子，便不發一聲的靜靜退回原地。他在心裡祈禱著，風啊，千萬別往那兒吹。一面慢吞吞的往後退。烏樟樹的香氣和著月光，淡淡的散放開來。

但是，說起這位豪邁的小十郎到市鎮賣熊皮和熊膽的慘況，還真是令人不忍目

3胃星：中國星座二十八宿之一。西方七宿自北數來第三顆。位於牡羊座東部，人們將它比喻為天的糧倉，也是胃之腑。

睹。

鎮裡面有一家大雜貨鋪，裡面擺滿了笊籬、砂糖、磨刀石、金天狗花牌、變色龍標誌的香菸，甚至還有玻璃做的捕蠅器。小十郎背著成堆的毛皮，一腳跨進這店的門檻時，店裡的夥計便露出涼薄的笑，彷彿在說，怎麼又來了。店老闆安穩的坐在裡間，旁邊放著一個青銅製的火缽。

「老爺，每次都承蒙您照顧了，謝謝您。」

在那座山上宛如山大王的小十郎，把毛皮貨卸下來，恭敬的雙手撐地問安道。

「嗯，好說好說。今天過來有何貴幹？」

「我又帶了點熊皮過來。」

「熊皮啊？上次帶來的還收著沒拆呢，我看今天還是不用了。」

「老爺，您別這麼說嘛，請把它買下吧，價錢好商量。」

「就算再便宜，我也不想要。」老闆神色淡定的把煙管倒扣在手掌裡。每當這位豪邁的山大王小十郎聽到這種話，總是憂心的蹙起眉頭。畢竟，在小十郎家裡，山裡雖然可以採到栗子，後面的一小方田裡也能收成稗子，但是家裡沒有一點白米，也沒有味噌，光是年高九十的老母和小孩就有七個人，大家都等著飯吃。

若是說到鄉下，雖然也產麻，但是小十郎家鄉，除了用僅少的藤蔓編織的用品外，沒法生產任何可以織成布的產物。小十郎暫停了一會兒，又用嘶啞的聲音說道：

「老爺，求求你，多少錢都可以，求你買下來吧。」小十郎不住的向老闆磕頭說道。

老闆默不作聲的吐著煙，悄悄掩飾臉上露出的一抹奸笑。

「好吧，那你把貨放著出去吧。平助，拿兩塊錢給小十郎。」

店裡的平助拿了四枚大銀幣，放在小十郎面前出去了。小十郎畢恭畢敬甘之如飴的收下。這時候老闆似乎心情大好，

「來，沖野，給小十郎倒杯酒吧。」

小十郎拿到錢，既開心又興奮，老闆悠閒自在的與他談天說地，小十郎唯唯應諾著，也聊起山上的景物。沒多久，廚房來人通告飯菜準備好了，小十郎起身告辭，但最後還是被拉進廚房，免不了又是一番行禮寒暄。

沒一會兒，夥計端出了一張小桌，上面擺著鹽漬鮭生魚片、章魚切片和一瓶酒。

小十郎再三道謝，在一旁坐下來，先把章魚片放在手背上舔了一口，然後崇敬的將黃酒倒在小杯裡喝下。大家心裡都知道，不論物價再怎麼便宜的時候，用兩塊錢買下兩件熊毛皮，實在太廉價了。其實，小十郎自己也知道，那價格實在低得離譜。但是，小十郎為什麼非要賣給鎮上的雜貨鋪，而沒法賣給其他人呢。大多數人都想不透這其中緣由。不過，在日本有種划拳遊戲叫狐拳，規定狐狸輸給獵人，獵人輸給老爺。在這兒，熊被小十郎擺布，而小十郎卻被老爺擺布。老爺一向待在鎮裡，所以，他不太可能被熊吃掉。但是這種狡猾可惡的人，一旦世界進步之後，就會一個個消失在世上。撰寫磊落的小十郎被那種奸惡小人欺凌的情節，雖然只花了一點時間，卻仍然令我氣憤不已。

因為這樣的來龍去脈，十小郎就算獵殺熊隻，對牠們卻絕無恨意。不過，某年夏天，卻發生了一件奇怪的事。

小十郎嘩啦嘩啦的踩著水渡過溪谷，攀上一塊大岩石後，驀然發現眼前有一頭熊，像貓一樣拱著背正要上樹。小十郎立刻舉起獵槍對準牠。黃狗更是興奮莫名的衝到樹下，繞著那棵樹打轉。

樹上的熊待了一會兒，似乎在考慮自己該爬下樹向小十郎撲過去，還是在樹上坐以待斃。但牠突然雙手放開了樹，砰的一聲掉下樹來。小十郎不敢輕敵，用槍瞄準著牠，逐漸走近。沒想到熊舉起雙手叫道：

「你殺了我是想要什麼東西嗎？」

「嗯沒錯，我只要你的毛皮和膽，其他都不用。其實把那些帶到鎮上去，賣不了什麼好價錢，而且對你過意不去，可是我沒有別的辦法。現在聽你這麼一問，我也不好意思殺你了，我看我就拿栗子羊齒充充飢，真要餓死了倒也乾脆。」

「請你再等我兩年吧，我本是生無可戀的傢伙，但是還剩下一點事沒有完成，所以請你再等我兩年。兩年後我會死在你家前面，毛皮啦胃都可以給你。」

小十郎升起一股五味雜陳的情緒，呆站著思索了許久。熊趁這時間兩腳掌已站穩地面，開始緩緩朝外走去。小十郎仍然呆立不動，但熊似乎很有把握，小十郎不會自後方猛然向牠開槍，所以牠頭也不回的慢步走了。直到牠黝黑寬廣的背閃映著樹枝間落下的陽光時，小十郎才從喉嚨裡無奈的呻吟了幾聲，渡過溪谷打道回府。

那天之後正好兩年的某個清晨，小十郎見強風直颳，擔心會把林木和籬笆吹倒，所以便出外查探。還好檜樹的籬笆安然無恙，倒是籬笆下躺著一頭熟悉的暗紅色野獸。因為正好剛過兩年，而且他心裡也記掛著那頭熊是否會守約，所以一看到時，小十郎心裡咕咚了一下。他走近前一看，果然是先前那隻熊，牠嘴裡吐出一灘鮮血，已然沒氣了。小十郎不假思索，立刻跪下來磕頭。

一月的某一天，小十郎清晨正要出門時，說了一句從來沒說過的話。

「母親，看來我也老了，今早是有生以來我第一次不想下水。」

小十郎的九十歲老娘坐在緣廊陽光下紡紗，聽到這話，抬起矇昧的眼睛瞥了小十郎一眼，臉上露出似哭似笑的表情。小十郎綁好草鞋，吆喝一聲起身走出門。孩子們輪流從馬廐前露出臉說：「爺爺早點回來喲。」小十郎仰頭看看蔚藍無雲的天，然後轉向孫兒說：「我出門啦。」

小十郎攀爬銀白的冰雪，打算往白澤的方向去。

黃狗喘著粗氣，露出鮮紅的舌頭時跑時停時跑。沒多久，小十郎的影子落到山丘的另一邊看不見了，孩子們才拿起稗子梗去玩耍。

小十郎沿著白澤岸邊往上爬，湖水時而深不見底，時而凍結如玻璃，一支支冰柱像念珠般垂掛著，紅黃交錯的衛矛果像開花般探頭張望。小十郎一面爬，一面看著自己和狗兒的影子在光中閃爍，與樺樹的影子一起印在雪地，融為一體。

從白澤越過一座山峰後是一頭大熊棲息之地，那是他在夏天時發現的。

小十郎走進溪谷，越過五條小支流，一次又一次的踏進水裡，從右到左，從左到右的溯溪而上，來到一個小瀑布。小十郎從那瀑布下，懸在崖壁往上爬。雪地刺眼得像顆燃燒的火，但小十郎卻像是戴了暗色眼鏡，繼續向上攀爬。狗兒似乎也不願輸給山崖，一再滑下，但仍咬住雪堆攀上去。終於爬上到了崖頂，那兒是個平緩的斜坡，稀疏的生了幾棵栗子樹。白雪宛如寒水石般晶瑩閃耀，一座座高聳的雪峰在四周拔天而起。小十郎坐在山頂上小憩時，黃狗突然像著了火似的凶猛咆哮。小十郎嚇了一跳回頭看去，夏天發現的那頭大熊正用兩腳站立，朝著他撲來。

小十郎鎮定心神，兩腳扎穩的舉起獵槍。大熊揮動著木棒般的前腳，筆直向他衝來。這讓身經百戰的小十郎也不禁變了變臉色。

小十郎聽見爆裂的槍聲，但大熊一點也沒有倒下，如同黑旋風擺動著身體向他攻來。黃狗撲上去咬住熊腳，但小十郎只覺得腦中轟的一聲，視線剎時變成一片藍。他聽見遠遠的有人在這麼說：

「啊，小十郎，我並不是故意要取你性命。」

小十郎心想，我已經死了啊，他看見許多點點藍色的星光在四周閃爍。

「人死時會看見火光，看來這就是死去的信號了。熊啊，原諒我吧。」小十郎心想。他後來的心境，我已無法揣測了。

總之，他死後的第三天晚上，寒玉般的月色高掛天空，白雪晶瑩透亮，溪水粼粼生光，昴星與參星閃爍著綠和橙色的光，時明時亮，宛如在呼吸。

在那棵栗樹和白雪山嶺圍繞的山頂平原上，多隻黑壯大獸圍成了一個圈，各自帶著自己的黑影，匍匐在雪地一動也不動，好似回教教徒的祈禱。牠們借著雪光和月光，把小十郎的屍體放在最高的地點，將他扶正坐好。

也許是心理作用，早已死亡凍結的小十郎，面容卻宛如在世般安詳平靜，甚至還帶著點笑意。而即使參星升到了中天，移往西方，那些大黑獸依然如化石般絲紋不動。

黃色番茄　黄いろのトマト

博物局十六等官
丘斯提記錄

我們鎮上的博物館有隻大型的玻璃櫃，裡面放了四隻剝製的蜂鳥。蜂鳥在世的時候，會發出嗡嗡的聲音，像蝴蝶般吸食花蜜，模樣嬌小十分可愛。我最喜歡停在最高枝頭上的那隻，只見牠展開雙翅，宛如下一秒就要淩風向藍天飛去。牠的眼睛鮮紅，胸毛的光澤油亮翠綠，而那挺立的胸膛還有著波浪狀的美麗紋路。

小時候，有一天大清早，我在上學之前，悄悄的站到玻璃櫃前面，那隻蜂鳥冷不防，用銀針般細微優美的聲音對我說話。

「早安。那個叫佩姆佩爾的小朋友，明明是個好孩子，卻做了那件事，真令人同情。」

那時，窗口還拉著厚重的褐色窗簾，我似乎看到房間裡有啤酒瓶的碎片。所以我也向牠打招呼。

「蜂鳥，你早。你說佩姆佩爾怎麼了？」

蜂鳥在玻璃另一側又說。

「嗯，早。他的妹妹奈莉真是個可愛的好孩子，可是好可憐哦。」

「你快告訴我這到底是怎麼回事。」

蜂鳥嘴巴微開像在微笑，然後又說：

「你把書包放在地上，坐在上面，我就告訴你。」

我有一點不情願坐在放了書的書包上，可是又好想聽聽那個故事，最後只好照著牠的話做。

「佩爾佩姆和奈莉，每天爸爸媽媽工作的時候，都會在一旁玩耍。

※編註：此處原稿缺了一頁

「那時候，我也對他們說『再見，再見』，然後從佩爾佩姆家美麗的花樹叢間，回到屋裡。

「而且，當然也搗了小麥。

「兄妹倆把小麥碾成粉的時候，我總是會去參觀。每到小麥碾粉的日子，佩爾佩姆捲曲的頭髮、淺黃色的背心，和鬆垮的褲子都會沾上白白的粉，在紅色玻璃水車廠勤奮的工作。奈莉把麵粉裝進棉袋裡，每四百格令一袋，累了就靠在門邊呆望麥田。

「那時，我會取笑奈莉說，你喜歡鼴鼠嗎，然後飛走。除此之外當然也種了高麗菜。

「高麗菜收穫的時候，我總是會去參觀。

「佩爾佩姆把高麗菜的粗根割掉，把菜丟在田裡，奈莉就會用雙手將它捧起，放進漆成水藍色的單輪車。然後兩人推著車，把高麗菜運到黃玻璃的倉庫。那裡面擺著綠色的高麗菜，十分壯觀。

「兩人相依為命的過著快樂的日子。」

「他們家沒有大人嗎？」我突然想起來，這麼問道。

「那附近一個大人都沒有[1]，因為佩爾佩姆和奈莉兩兄妹是相依為命，相當快樂的過日子呀。

「可是，真的很可憐呀。

「佩爾佩姆這孩子是個一等一的好孩子，卻做了那麼令人同情的事。

「奈莉那孩子是個那麼可愛的女孩，卻做了那麼令人同情的事。」

蜂鳥頓時沉默下來。

我的好奇心完全被挑起來了。

蜂鳥一直沉默著，站在玻璃後面悶不吭聲。

我雙手抱住膝蓋，動也不動的等了一會兒。可是蜂鳥一直不肯開口，而且那種靜默的態度，就好像即使把一個死去的人從墳墓裡挖出來，也沒可能叫他說話那樣。所以我終於再也忍不下去了。我站起來，走到玻璃面前，雙手靠在玻璃上對裡面的蜂鳥說：

1此處與前面提及「佩爾佩姆和奈莉，每天爸爸媽媽工作的時候，都會在一旁玩耍。」互相矛盾，可能是因為缺少的一頁原稿，也可能是因為宮澤賢治尚未將此故事整理完稿的關係。

「喂，蜂鳥，佩爾佩姆和奈莉兩人，後來到底怎麼了。他們發生什麼事了呢？喂，蜂鳥，快跟我說嘛。」

可是，蜂鳥還是噘著牠細細的尖嘴，靜靜的看著對面山雀的方向，不再回答我的問題。

「喂，蜂鳥，告訴我嘛。不行啦，話不能說到一半嘛。蜂鳥啊，告訴我嘛。剛才的故事後來怎麼樣，為什麼不告訴我嘛。」

玻璃因我呼出的氣息變得一片朦朧。

四隻美麗的蜂鳥看起來宛如在發呆。我終於大哭起來。

這是因為，首先那隻美麗的蜂鳥明明剛才還用銀線般的聲音對我說話，突然間卻像是僵死一般，連牠的眼睛也變成黑玻璃珠，不管過了多久，還是死板板的看著山雀。況且我也看不出到底牠是真的在看，還是只是視線朝著那邊。再加上不知道那對可愛的佩爾佩姆和奈莉兄妹遇到何等悲慘的境遇，教我怎麼能不哭呢。我為了這個緣故，可以哭上一整個星期呢。

忽然間，我的右肩沉甸甸的，而且竟然有一股暖意。我吃了一驚，回頭看看，那個守衛的老爺爺擔憂的蹙著白眉，把手放在我的肩頭上。守衛爺爺說：

「你為什麼哭得這麼傷心？是不是肚子痛？一大早來到鳥的玻璃櫃前，怎麼會哭得那麼難過。」

但是，我沒有辦法停止哭泣。爺爺又說。

「不要哭得那麼大聲。離開門的時間還有一個半小時，我是偷偷讓你一個人進來的，而且你哭得那麼大聲，萬一被外面的人聽到了，不就會來找我麻煩嗎？別再哭了，為什麼哭得那麼傷心呢？」

我終於開口說：

「因為，蜂鳥不再跟我說話了嘛。」

老爺爺聽了哈哈大笑。

「啊，蜂鳥對你說了什麼話，然後又突然不說了，對吧。那隻蜂鳥太不應該了，牠常常用這種詐術捉弄別人。好，我來罵罵牠。」

守衛爺爺走到玻璃櫃前。

「喂，蜂鳥，今天你這是第幾次啦？我會記在簿子上哦，我會記下來哦。如果你做得太過分，那就沒辦法了，我只好告訴館長，送你到冰島去。

「好了，小朋友，牠等下就會說話了，快點把淚水擦乾。你看你整張臉都濕答答的了。你看，這樣乾淨多了。

「聽牠說完話，早點去上學吧。

「若是說得太久，那隻鳥厭煩起來，又會說出很多奇怪的話來。那麼，我先走了。」

守衛爺爺幫我擦去淚水，然後把兩手背在背後，消失在隔壁房間。蜂鳥又轉向我。

我心裡突地一跳。

蜂鳥用口琴般細微的聲音，悄悄對我說：

「剛才是我不好。因為我說得太累了。」

我也柔聲對牠說：

「我一點兒也不生氣，請你把剛才的故事繼續說給我聽。」

蜂鳥開口道：

「佩爾佩姆和奈莉真的很可愛，他們兩人住在藍玻璃屋子裡，若是把窗子關上，兩人看起來就像住在海底。而且我也聽不見他們的聲音。

「因為那些玻璃非常厚。

「可是，若是看到他們兩人盯著一本大簿子，一起同步的不時張嘴，閉嘴，不論是誰，都能立刻看出，他們正在唱歌。我非常喜愛看著兩兄妹的小嘴各種形狀的嘴形，所以總是站在庭院裡的百日紅上。佩爾佩姆真是個好孩子，卻做了令人同情的事。

「奈莉是個好可愛的小女孩，卻做了令人同情的事。」

「所以我才問，他們做了什麼呀？」

「我正要說呀。兩個人生活得十分愉快，如果就這麼下去就好了。可是，兩人在田裡種了十棵蕃茄，其中五棵是龐德羅莎，五棵是紅櫻桃。龐德羅莎會結出正紅色的大果實，紅櫻桃會長出許多櫻桃般的紅果實。我雖然不吃櫻桃，但如果看到龐德羅莎，也會愛上它。有一年，蕃茄苗有兩種顏色，種下去後也是兩種顏色。它們漸漸長大，葉子發出蕃茄的綠色氣息，樹莖也冒出小小的金黃顆粒。

「沒過多久，蕃茄開始結果了。

「但是五棵櫻桃種中，唯獨一棵長出奇異的黃色，而且亮得發光。曲曲折折的深綠葉片間，隱約可見到耀眼的黃色蕃茄，令人驚嘆。所以，奈莉說：

「『哥哥，那種蕃茄為什麼會發出那樣閃亮的光呢？』

「佩爾佩姆把手指抵在嘴唇上，思考了片刻答道：

「『它是黃金哪。黃金才會發出那樣的光。』

「『嘩，它是黃金啊。』奈莉有點吃驚的說。

「『好美啊。』

「『是啊，真美。』

「想當然耳，兩人既不敢摘下那些黃蕃茄，連碰都不敢碰。

「但後來，他們做了一件真值得同情的事。」

「我就是問你，到底是什麼事呀。」

「我正要說呀。兩人過著這麼快樂的日子，如果這麼繼續下去就好了。可是，有一天傍晚，兩人為羊齒葉澆水的時候，好遠好遠的原野那邊，隨著風傳來一陣美妙難以言喻的音樂。那聲音真的太美妙了。斷斷續續的隨風飛來，甚至那音樂彷佛還帶著鈴蘭或香水草的香氣。兩人停下澆花的手，默默的互相看了一會兒。然後，佩爾佩姆說了。

「『奈莉，我們去看看吧。到底是什麼東西發出那麼美的聲音。』

「奈莉自然按捺不住，她早就想去看看了。

「『走吧。哥哥，我們現在就去吧。』

「『嗯，立刻就去，放心好了，應該沒有危險。』

「於是，兩人手拉著手，走出果園，大步朝那邊跑去。

「聲音相當遠，他們越過兩座樺木生長的小山，卻好像一點也沒有靠近的感覺。他們又渡過三條楊柳佇立的小溪，卻還是沒有接近的跡象。

「然而，他們還是在接近中。

「兩人鑽過兩棵樫樹形成的拱廊下，那奇妙的聲音不再斷斷續續了。

「兩人精神大振，用上衣的袖子拭去汗水，再繼續走。

「這時候，聲音變得很清晰，聽得見飄忽的笛音，還傳來大喇叭的轟聲。我也聽得一清二楚喲。

「『奈莉，沒多遠了。抓緊我的手哦。』

「奈莉搖搖她用布包裹的蛋形腦袋，咬著唇快跑。

「兩人再次繞過一座樺木山丘時，豁然出現一條塵沙滾滾的大馬路橫陳在眼前。剛才的聲音清楚的在右方響著，左方則有另一大團白色的塵沙往我們的方向靠近。灰塵中馬腿不時閃著光。

「沒多久，他們靠近了。佩爾佩姆和奈莉緊抓著彼此的手，屏住氣息看著。

「當然，我也看到了。

「過來的是七個騎在馬上的人。

「馬匹冒出汗珠，發出黑亮的光，鼻孔噗噗的喘著氣，靜靜的小快步跑來。馬上的騎士個個都穿著紅襯衫，腳上套著發亮的紅長靴，帽子上還插了支飄揚的白毛，可能是白鷺鷥或是什麼的毛。這些人中有留著長鬍子的長者，也有像佩爾佩姆一般大、圓臉黑眼的可愛小子，他騎在最後面。他們揚起的灰塵把太陽變得迷濛發紅。

「長者們瞧也不瞧佩爾佩姆和奈莉，逕自走了，但最後那個可愛的小子，看著佩爾佩姆，把手指壓在嘴唇上，送出一個吻。

「然後，所有騎士都通過了。從他們去的方向，可以清楚聽見那優美的樂音。不久，騎士們繞過對面的山坡，看不見了，但左方又有人緩步而來。

「四五個人跟在一個小屋般的白色方形箱子後面走來。等靠近時仔細一看，後面的人一個個黑乎乎的，只有眼睛發出晶亮的光。他們全身只在腰際包了褌布[2]，

2褌布：日本一種傳統的內褲樣式。

光著腳，圍繞在白色方形物體旁。而那個白色的物體也不是箱子，而是用白布吊在四個角，類似日本的蚊帳。下面伸出粗大的四隻灰色的腳，緩緩的上上下下移動。

「佩爾佩姆和奈莉雖然害怕黑人，又覺得樂趣橫生，四方形的物體雖然可怕，但又沒見過。等所有人都經過之後，兩人互相看著對方，說：

「『我們跟上去吧。』

「然後用沙啞的聲音說：『好，我們走。』兩人距離他們相當遠的跟在後面。

「黑人們不時叫喊些聽不懂的話，或者看著天空跳躍。四隻腳緩慢的或上或下的動作，有時還聽得到『呼、呼』的呼吸聲。

「兩人的手緊緊握著，跟在後面走。

「不久，太陽變得赤紅混濁，落到西方的山裡去了。殘餘的天空泛著黃光，草地漸漸變成深綠色。

「剛才傳來的聲音漸漸變近，可以聽到前面山丘背後傳來剛才那些馬的嘶鳴，和鼻頭噴氣的噗噗聲。

「當方形箱子生物的腳上上下下一百遍的時候，佩爾佩姆和奈莉驚奇的揉揉眼睛。前方原來是個大城市，萬家燈火俱已點亮。而他們跟前有一片平坦的草原，草原上搭了一座巨大的帳篷。帳篷是用原木架起來的。天色還微亮著，但他們已經點起青色的乙炔燈，和拉著長長油煙的石油燈，二樓則掛著許多美麗的畫圖招牌。剛才傳來的優美音樂，就是從那些招牌後面發出來的。招牌的中間，剛才那個送吻的孩子正在練倒立，兩隻手各撐在一匹馬上。剛才的馬全都排列在他面前。其他還有十五、六匹馬。大家都在吃燕麥。

「大人、女人和孩子們聚集在草原上，抬頭望著招牌。

「剛才的音樂聲，在招牌後面奏得更激昂了。

「但是，太接近聽它，倒也不是太優美的音樂。

「只是樂隊演奏而已。

「但是，那音樂經過原野傳送的途中，聲音越漸微弱，卻也沾上了花的香氣。

「白色四方形箱子也慢吞吞、慢吞吞的走到帳篷裡面去。

「帳篷裡有個細細的高音在鳴唱。

「民眾越來越多了。

「樂隊像個傻子一般，越奏越激昂。

「民眾宛如被吸進去般，三五成群的往裡走去。

「佩爾佩姆和奈莉屏住氣息，睜大眼睛在一旁看著。

「『我們也進去吧？』佩爾佩姆心頭砰砰跳。

「『進去吧。』奈莉也說。

「但是，兩人總覺得不太放心。因為眾人在入口出都要遞出什麼給守門人。

「佩爾佩姆稍微湊近，目不轉睛的望著，彷彿想把那景象一口吃下去。

「他發現，他們遞出的是黃金或銀子的碎屑。

「拿出黃金的話，守門人會還給他銀子碎屑。

「然後，那個人就進去了。

「於是，佩爾佩姆也在口袋裡尋找黃金。

「『奈莉，你在這裡等我，我回家一趟，去去就來。』

「『我也要去。』奈莉雖然這麼說，但佩爾佩姆已經跑遠了。她擔心得快哭起來，又再看著招牌。

「我也很擔心，因而考慮了好一會兒，到底應該留在奈莉身邊守著她，還是隨佩爾佩姆一起去。但是我在附近飛了一會兒，發現大家都在看招牌，並沒有哪個壞蛋想把奈莉抓走。

「於是，我放寬了心，跟著佩爾佩姆飛去。

「佩爾佩姆狂奔疾跑，四日的月亮靜靜的垂掛在西方天際，但佩爾佩姆靠著那朦朧的銀光，馬不停蹄的往前號，我費了好大的勁兒才勉強的跟上他。眼兒咕溜溜的轉，風兒呼呼的響，樺樹柳樹全都黑壓壓的，野草也黑壓壓的，佩爾佩姆馬不停蹄的跑過樹和草。

「然後，終於回到了那座果園。

「月光下，玻璃的家熟悉的發著光，佩爾佩姆站在那兒，朝屋子看了半晌，然後又跑到已經漆黑一片的蕃茄樹邊，從那棵結了黃色果實的蕃茄樹，摘了四顆黃蕃茄。然後，如狂風，如暴雨般，在汗水和悸動的燃燒下，回到剛才的草原。我已經筋疲力盡了。

「奈莉不斷的把眼光瞥著我們瞧。

「但是佩爾佩姆對奈莉說：

「『來，沒事了。我們進去吧。』

「奈莉開心得跳起來，兩人手拉手，來到木門口。佩爾佩姆默默的拿出兩顆蕃茄。

「守門人說：『歡迎光臨。』伸手接過蕃茄，瞬即變了臉色。

「他端詳著蕃茄好一會兒。

「然後，突然皺起臉來，大聲吼道：

「『什麼呀！你們這些臭小孩，別想要我。憑兩顆蕃茄，怎麼可能讓你們進入這些大人中。滾開！混帳。』

「然後，他把蕃茄丟到地上，把那些黃色蕃茄丟掉。其中一顆打中奈莉的耳朵，奈莉哇的大哭起來，周圍的人哄堂大笑。佩爾佩姆迅速抓起奈莉抱在手中，從人群中逃了出去。

「眾人的笑聲一波波像海浪般湧來。

「逃到黑不見影的山丘間時，佩爾佩姆也冷不防大哭起來。你一定沒遇過那麼悲傷的事吧。

「兩人默默無語的，氣喘吁吁的尋著白天的蹤跡回到來時路上。

「於是，佩爾佩姆握著拳頭，奈莉吞著口水，越過樺樹生長的漆黑小山，兩人回到了家。啊，真是太可憐了。真的太可憐了。你聽完嗎？好了，再見吧，我不再說話了。不可以再叫爺爺來喲。再見。」

說完這些話，蜂鳥的細長鳥嘴再次噘起來，緊緊閉上。眼睛默默的看向山雀。

我也傷心的說：

「好吧，蜂鳥，再見。我會再來的。可是如果你想說什麼，請你說給我聽。再見，謝謝。蜂鳥，謝謝喲。」

我輕輕拿起書包，默默的從那宛如褐色玻璃碎片中的房間，來到走廊。突然間的刺眼亮光，和那對兄妹可憐的事蹟，讓我眼睛刺刺的，淚水撲簌而下。

那是我小時候發生的事。

瑪麗瓦隆與少女

マリヴロンと少女

舊城遺跡的車前草結了果實，紅菽草的花枯了，變成焦褐色。田裡的粟收割完，野鼠從土地的角落露出臉，驚嚇似的又趕緊躲進洞穴中。

山崖和河堤邊，閃著銀光的芒草穗，在風中起伏搖擺。

遺跡當中的小小四方土坡上，有一叢野葡萄樹，它的果實已經完全成熟了。

一名少女帶著樂譜，嘆了一口氣，在葡萄樹叢邊的草地上坐下。

天上下了一陣濛濛的太陽雨，草兒閃閃發光，對面的山陰沉下來。

那似有似無的太陽雨停了，草兒再次晶瑩閃亮，對面的山明亮起來，少女覺得刺眼，垂下了臉。

伯勞宛若散落的音符般，從那座山丘零零散散的飛來，鳥群暫歇在銀色的芒草穗上。

野葡萄樹叢中落下一顆顆美麗的水滴。

微弱的氣息從樹藤裡升起。今晚要在市政廳唱歌的瑪麗瓦隆女士[1]拉著紫丁香色的長裙，逃開了所有人來到這裡。

現在，一道冷風呼的從後面東邊的灰色山脈上方通過，巨大的彩虹如同明亮的夢之橋般，溫柔的顯現在天空。

少女抱著樂譜，依然像化石般坐著。瑪麗瓦隆沒有想到這兒也會有人，雖然有點意外，但還是用眼神打了招呼，也看起天空中的彩虹。

對了，今天正好可以和這位才華洋溢、端莊秀麗，令人尊敬的女士說說話。我只是想告訴她，山丘上的小葡萄樹，想將比夜空燃起的火焰更明亮、更悲傷的情感，獻給天邊的美麗彩虹，還有、還有，那個……

1在宮澤賢治手稿中，瑪麗瓦隆也寫成瑪麗布蘭，人物原型推測是十九世紀法裔西班牙籍女低音歌唱家瑪麗布蘭（Maria Malibran, 1808-1836），被視為十九世紀浪漫時期的代表性人物以及美聲唱法的女神，是當時最傑出的歌劇女伶，年僅二十八歲即香消玉殞，為世人懷念惋惜。

※此處有幾行空白※（編註）

「瑪麗瓦隆女士。請您接受我的敬意。明天，我就要和牧師父親去非洲了。」

少女平時清澈的聲音不見了，嘶啞的吼叫被風攫走了一半。

瑪麗瓦隆出神的望著西方的藍天，大大的碧眼轉過來，迅速掃過少女記在樂譜上的名字。

「你有什麼事嗎？你是吉爾妲小姐吧。」

少女吉爾妲宛如七葉樹葉般簌簌抖動發光，氣息急促，沒法子順利的說話。

「老師請無論如何接受我衷心的敬意。」

瑪麗瓦隆輕輕的吐口氣，因而，胸口的黃色與紫色寶石，也彷彿各自發出聲音般熠熠生輝。她說：

「你也同樣接受我的敬意吧。為什麼臉色那麼沉鬱呢？」

「因為我真想去死啊。」

「為什麼這麼說。你不是還很年輕嗎。」

「不，我的命根本無足輕重。如果能讓您變得更加卓越，我百死不惜。」

「你才是那麼卓越呢。你要去那麼遠的地方，從事了不起的工作，那份工作比起我高尚多了。像我們這樣的人，才是微不足道。我們的生命只存在於十分或十五分鐘的歌聲迴響中罷了。」

「不，您錯了。不是這樣的。老師讓這個世界和人們，變得更美更精彩呢。」

瑪麗瓦隆不自覺微笑。

「是的，我也這麼期望，但是你更是如此呀。清白正直工作的人，會在歲月中，創造出一種偉大的藝術。你看那邊，有一隻大鵠鳥飛在前面藍藍的天空中，鳥兒們都會在身後留下這樣的軌跡。別人也許沒有看見，但我看見了。同樣的，我們所有人也都在軌跡之後，創造出一個世界。那是所有人類最崇高的藝術。」

「可是，您高掛在光亮的天上，所有的花草鳥類，全都為了讚美您而歌唱。而我卻待在無人知曉的巨大森林裡腐朽。」

「你也是一樣呀。所有加諸我身上、令我閃耀的事物，也同樣會令你輝煌。我可以把別人給予我的讚美，全都原封不動的送給你。」

「請教教我，請帶我走，我願意聽您的使喚，任何差使我都願意。」

「不行。我不去任何地方，永遠都會待在你思念的那個位置。一起居住，一齊前進的人們，永遠會一起待在真正的光明中。可是，我必須回去了。太陽已經太遠了，伯勞飛走了。那麼，祝你平安。」

停車場那邊，響起「嗶——」的尖銳笛聲。伯勞一齊飛起，就像瘋狂散亂的樂譜般，嘈雜的啼叫著，向東方飛去。

「老師，請帶我走，求求您教教我。」

美麗高雅的瑪麗瓦隆似乎微微一笑，又像是為難的搖搖頭。

接著，四周暗淡下來，只有天空的銀光越漸明亮，伯勞鳥的叫聲太吵雜了，牠們的雲雀姊妹不得不再次飛上天空，唱起稍微走調的歌。

歐茨貝爾與象 オツベルと象

……某個養牛人說的故事

第一個星期天

說起歐茨貝爾這個人哪，那可是不得了的大人物。他有六台礱穀機[1]，會發出「嘩嘩嘩嘩」的驚人聲響。

十六個農人滿臉脹紅的使勁踩踏，運轉著機器，將堆成小山的稻子一一去殼，然後不斷把稻稈甩到後面，堆成了新的小山。從稻皮和稻草散出來的細微粉塵，奇

1 礱穀機：能將稻穀的穀殼拉開，將穀粒加工成糙米的機器。

異的轟然變黃，宛如沙漠的塵沙。

歐茨貝爾站在陰暗的去穀場裡，嘴邊叼著琥珀大菸斗，瞇細了眼睛，小心翼翼不讓菸灰落在稻草上。雙手背在背後，悠閒的來回晃著。

木屋蓋得相當堅固，大概和學校相去不遠，不過畢竟六台新式礱穀機同時運轉，所以才會嗶嗶嗶嗶的抖動。因為這個緣故，待在裡面一久，人也抖得肚子都餓了。事實上，歐茨貝爾也因此肚餓不已。午餐的時候，他吃了六吋大的牛排，還吃了熱呼呼的，抹布般大的歐姆蛋。

總而言之，去穀場裡就這麼「嗶嗶嗶嗶」的運作著。

有一天，不知道什麼緣故，一頭白象來到這裡。白色的象欸，可不是用油漆漆上去的哦。你問牠為什麼會來？牠是頭象嘛，可能是不小心走出了森林，隨便逛逛便走到這兒的吧。

那頭象從小屋門口露出臉來時，農人們全都驚呆了。為什麼驚呆？因為不知道牠會闖出什麼禍來啊。農人們不想被牽連，每個人繼續卯足勁的礱自己的稻穀。

這時候，歐茨貝爾手插在口袋裡，從一排機器的後方，銳利的瞥了白象一眼，然後迅速低下頭，假裝若無其事的樣子，一如往常來回踱步。

於是，白象又更進一步，這次牠一腳踏上台階。百姓們瞪大了眼，但是，一方面工作繁忙，而且萬一受到牽連就麻煩了。所以他們轉開臉，繼續去稻穀。

歐茨貝爾站在最裡面的陰暗角落，兩手從口袋伸出來，再次瞄了白象一眼。然後，一副百無聊賴的樣子，故意打了個大大的呵欠，兩手插在後腦杓上，來回的踱步。但是，大象昂首挺胸的踏出兩隻前腳，準備想進木屋裡來。農人們大驚失色，歐茨貝爾也有點不可置信，從琥珀大菸斗裡「呼」的噴出煙來。然而他還是假裝鎮定，慢慢的往白象走去。

這時候，白象滿不在乎的上來了，並且慢吞吞的朝機器面前走去。

但是，不知為何，機器轉得飛快，稻穀像西北雨或是冰霰一樣，嘩啦嘩啦打在象的身上。白象似乎覺得麻煩，瞇起牠小小的眼睛，但仔細一看，卻發現牠在微笑。

歐茨貝爾終於下定決心，走到礱穀機前面，要和白象說話。這時，象用宛如黃鶯出谷般美妙的聲音，說了這樣的話。

「啊，討厭，速度太快了，砂子打到我的牙齒。」

原來稻殼嘩啦嘩啦的打中牙齒，也擊中牠雪白的頭與脖子。

歐茨貝爾豁出性命，右手把菸斗重新拿好，壯起膽子這麼說：

「怎麼樣？這裡很好玩吧。」

「確實好玩。」大象歪著身體，瞇著眼睛回答。

「你要不要永遠待在這兒？」

農人們瞠目結舌，屏息看著象。歐茨貝爾說完後，竟不覺微微打起顫來。但是象泰然自若的回答：

「待下來也行啊。」

「是嗎？那就待下來吧。就決定這麼做吧。」歐茨貝爾皺著臉，臉色通紅的愉悦說道。

就這樣，這頭象成了歐茨貝爾的財產。你看著吧。歐茨貝爾不論是讓那頭象工作，還是把牠賣給馬戲團，都可以賺到萬把塊錢。

第二個星期天

歐茨貝爾這個人哪，真是個不得了的人物。而不久前，他在礱穀木屋裡收為己有的大象，也是頭非等閒的動物，牠的力氣有二十匹馬力。最重要的是牠全身雪白，兩隻獠牙也全是由美麗的象牙組成。整張皮更是厚實又精美的象皮。還有，牠還是隻相當勤奮的象，然而，牠這麼拚命勞動，還是因為主人夠偉大。

「喂，你要不要時鐘啊？」歐茨貝爾叼著琥珀菸斗，來到用圓木建的象屋前，皺著臉如此問道。

「我不需要時鐘啊。」象笑著回答。

「哎，你先拿著嘛，這是好東西哦。」歐茨貝爾如此說著，把白鐵打造的時鐘掛在象脖子上。

「滿不錯的嘛。」象也這麼說。

「你也不能少了鎖鏈吧。」歐茨貝爾這個人，把百公斤的鎖鏈連在象的前腳上。

「嗯，這鎖滿不錯嘛。」用三隻腳走路的象說。

「要不要穿上鞋子試試？」

「我不用穿鞋子啊。」

「哎，穿穿看嘛，這是好東西呢。」歐茨貝爾皺起臉，在象的後腳踝套上紅色紙糊的大鞋。

上。

「滿不錯呢。」象也說。

「鞋子上得做點裝飾才行。」歐茨貝爾急忙把四百公斤重的秤砣，鑲在鞋子上。

「嗯，滿不錯呢。」象用兩隻腳走了走，似乎很開心的這麼說。

第二天，白鐵的大時鐘和廢紙紮的鞋子都破了，只剩下鎖鏈和秤砣，大象喜不自勝的走起路來。

「不好意思，稅金增多了，所以，今天你到河邊去汲一點水來。」歐茨貝爾雙手背在身後，皺著臉對象說。

「好啊，我去汲水，你要多少桶，我都去汲回來。」

象瞇細眼睛十分高興，那天午後，牠從河裡汲了五十桶水，然後澆在菜園裡。

傍晚，象待在小屋裡，吃著十把稻草，望著西天的初三新月說：

「啊，勞動真快活，心情真爽快呢。」

「對不起，稅金又提高了。今天你去森林裡，稍微運一點柴回來。」第二天，歐茨貝爾戴著帶穗角的紅袍子，兩手插在衣袋裡，對象這麼說。

「好哦，我把柴薪搬來。天氣真好呢，我最喜歡到森林裡去了。」象笑笑說。

歐茨貝爾心中一驚，菸斗差點兒從手上掉下來，但這時白象已經歡歡喜喜的，緩緩向外走去。所以歐茨貝爾放心的叼起菸斗，輕咳一聲，去視察農人們的工作。

過了中午，象搬回來九百把柴木，瞇著眼睛十分開心。

晚上，白象待在小屋裡，吃著八把稻草，望著西方的初四新月，自言自語的說。

「啊，真是痛快啊，聖母馬利亞。」

第二天。

「不好意思，稅金提高了五倍。今天你能不能到鍛冶場，幫我吹吹炭火呢。」

「好啊，我去吹。我若是拿出真本事，一口氣就能把石頭吹飛呢。」

歐茨貝爾又是一驚，但故作鎮定的哈哈一笑。

白象去了鍛冶場，彎下腳坐了下來。代替風箱吹了半天炭火。

那天晚上，象在象屋裡吃著七把稻草，望著天空初五的月兒說：

「唉，好累呀。真開心哪，聖母馬利亞。」

結果呢，第二天，象從一大早就開始勞動，昨天只吃了五把稻草。說起來也真了得，靠著五把稻草，還能出那麼大力量。

老實說，大象真是經濟實惠。這全是因為歐茨貝爾腦袋好又偉大的緣故。歐茨貝爾這個人哪，不是等閒之輩哦。

第五個星期天

說到歐茨貝爾啊，那個歐茨貝爾。我是很想說下去啦，但是他不在了呢。哎，別著急，聽我慢慢兒說。上次說的那頭象，歐茨貝爾使喚得太凶了，工作越來越辛苦，象也漸漸笑不出來了。有時候，牠會睜著血紅的眼睛，眨也不眨的俯視著歐茨貝爾。

某天晚上，象在象屋裡吃著三把稻草，仰望初十的月亮，說：

「我好痛苦。聖母馬利亞。」

歐茨貝爾聽到這句話，便更加的苛待牠。

有天晚上，象在象屋裡，搖搖晃晃的癱坐在地上，一口稻草也沒吃，看著十一日的月光，這麼說：

「聖母馬利亞，我要跟你說再見了。」

「咦，你說什麼？再見？」月亮突然問道。

「是啊，再見，聖母馬利亞。」

「怎麼了，你這傢伙外表大歸大，肚子裡一點意志力都沒有啊。不如寫封信給同伴吧。」月亮笑著說。

「可是沒有筆和紙。」象用細柔悅耳的聲音，嚶嚶的抽泣起來。

「看哪，你要的是這個吧。」眼前突然傳來可愛的小兒聲音。象抬起頭一看，是一名穿著紅衣的童子，手上捧著硯台和紙。象立刻寫起書信來。

「我吃了好多苦，大家快出來救我。」

童子立刻拿了信，往森林方向走去。

紅衣童子來到了山上，正好是吃午飯的時間。這時候，山上的象群們正在沙羅樹[2]下的蔭涼處下棋。牠們聚攏過來看了那封信。

「我吃了好多苦，大家快出來救我。」

象群不約而同的站起來，全體變得漆黑，高聲嗥叫。

「把歐茨貝爾殺了吧！」象的議長高聲吶喊後，眾象齊聲呼應：

2沙羅樹：原產於印度，乾期落葉的高樹。廣泛分布在釋迦布窗的喜馬拉雅山麓到中印度一帶。

「哦，我們走吧！古拉拉阿嘎，古拉拉阿嘎。」

於是，象群的吼聲如暴風一般穿過樹林，古拉拉阿嘎，古拉拉阿嘎，向著平原的方面衝出去。所有的象都像瘋了一樣，小樹木被連根拔起，灌木叢也被撞得零零落落。古哇、古哇、古哇、古哇。如煙火般衝出平原。牠們跑呀跑，終於在遠處碧綠平原的盡頭，發現歐茨貝爾大宅的黃色屋頂，象群噴出火來。

古拉拉阿嘎，古拉拉阿嘎。那時正好一點半，歐茨貝爾正在皮製的床上睡午覺，做了一隻烏鴉的夢。因為象群的叫聲太巨大，歐茨貝爾家的農民們，從門口跑出來，舉起手遮光眺望遠處。只見一群宛如森林的大象，比火車更快的速度奔來。眾人嚇得面無血色，立刻轉身跑進屋內。

「老爺，大象衝過來了。老爺，大象來啦。」他們扯著嗓子用力叫嚷。

但是，歐茨貝爾果然是個大人物。他霍地眼睛一睜時，已經什麼都明白了。

「喂，那頭象在象屋裡嗎？在嗎？在嗎？在吧。好極了，把窗門關上，把窗門關緊了。快點把象屋的門關緊了。很好，快點去搬圓木來，把門擋住。混帳，手腳快一點，別在那兒慢吞吞的。快把圓木把那兒捆緊。我特地減少牠的力氣，看牠還有什麼能耐！很好，再搬五六根來。好了，沒事了。沒事了呀。叫你們別驚慌嘛。

喂，所有的人，這次是大門哦。快把大門關上，拴上門栓。用支柱頂上、用支柱頂上。就是這樣。喂，我不是說，你們大家別擔心嗎。振作一點。」歐茨貝爾做好所有準備，用喇叭般宏亮的聲音，為農民打氣。但是，不知為何農民們還是惶惶不安，他們不想被這種主人牽連，惹禍上身。所以大家都拿出毛巾、手帕或是雖然髒了，但仍是白色的物品，把它捲在手臂上，當作投降的標幟。

歐茨貝爾也漸漸變得急躁，不住的在屋前來回踱著步。歐茨貝爾的狗也亢奮起來，不斷在屋裡到處奔跑，像著了火般狂吠。

不一會兒，地面劇烈的搖晃，外頭一片昏暗，響起如雷的踏步聲。象群將宅邸團團圍住。古拉拉阿嘎，古拉拉阿嘎。在那片恐怖的喧鬧中，也可以聽到溫柔的聲音在說：「現在就去救你，別擔心哦。」

象屋裡也傳來聲響：「謝謝你們從山上趕來，我真的很高興。」這時候，周圍的象更提高分貝，在牆的四周盤旋，並且高聲叫著，古拉拉阿嘎，古拉拉阿嘎，看得到其中憤怒的大象，不時甩動鼻子的景象。但是，歐茨貝爾宅的牆是水泥砌的，內部還夾了鐵塊，象群不太容易破壞。歐茨貝爾在牆裡，獨自一個人叫喊著。農民嚇得頭昏眼花，只敢在四處徘徊。沒多久，牆外的象群讓夥伴當墊腳台，終於攀上了圍牆，漸漸的露出臉來。看到那皺巴巴的灰色大臉時，歐茨貝爾的狗當場昏死過去。而歐茨貝爾開槍了，那是六連發的手槍呢。咚———、古拉拉阿嘎，咚———、古拉拉阿嘎，咚———、古拉拉阿嘎。可是子彈打不到。被象牙一揮，全都彈回來了。其中一頭象這麼說：

「這玩意兒真煩人，老是打在臉上。」

歐茨貝爾把腰帶的彈匣重新裝填好，一面記起不知什麼時候也聽過這樣的話。這時候，象的一隻腳從牆上朝宅裡跨了進來，然後再跨進另一隻。五頭象一齊從牆上跳了下來。歐茨貝爾握著彈匣，已經嚇得六神無主了。大門很快開了，古拉拉阿嘎、古拉拉阿嘎，象群們蜂擁而入。

「監牢在哪裡？」大家往小屋奔去。那些圓木就像火柴棒一般被折成兩半，白象骨瘦如柴的走出小屋。

「啊，太好了。你瘦了呢。」象群靜靜的走到白象身邊，將鎖鏈和秤砣解下來。

「啊，謝謝你們，我終於得救了。」白象哀傷的笑笑如此說。

貓的事務所　猫の事務所

……關於某個小官衙的幻想……

貓的第六事務所，位在小型鐵路的調車場附近。這裡主要是提供貓調查歷史與地理的地方。

文書員個個都穿著緞面的短黑袍，而且非常受到貓群的尊敬，所以，若有文書員因故辭去工作時，那兒的貓青年們，不論是誰都會想盡辦法，搶著爭取這份工作。

但是，這間事務所的文書員人數，一向固定只有四個名額。眾多應徵者中，只有字寫得最美，詩讀得最好的人，才能獲得聘用。

所長是一隻大黑貓。他有點老糊塗的傾向，但是眼睛裡面纏了幾層銅絲一般，依然炯炯有神。

至於他的屬下，

一號文書員是白貓，

二號文書員是虎貓，

三號文書員是三色貓，

四號文書員是灶貓。

所謂的灶貓並非生來就叫這名字。不管牠本來是什麼貓都行，但因為牠有個夜裡愛在爐灶裡睡覺的毛病，身體總是被煤炭弄得髒兮兮的，尤其是鼻子和耳朵黏著黑乎乎的炭灰，看起來就像隻狸。

所以，其他的貓都討厭灶貓。

但是，這間事務所中，畢竟黑貓才是老大，本來灶貓無論再怎麼用功，都不可能當上文書員的，不過黑貓還是從四十隻貓中選擇了牠。

偌大辦公室的中央，黑貓所長穩穩的坐在鋪著紅色羅紗的桌前，牠的右邊是一號文書員白貓與三號文書員三色貓，左邊坐著二號文書員虎貓，和四號的灶貓，牠們都在各自極小的桌子前面正襟危坐。

話說回來，調查地理啦、歷史啦，有什麼作用？

其實，大概是這樣。

有人叩叩叩的敲事務所的門

「進來。」黑貓所長手插在口袋，神氣傲慢的吆喝道。

四位文書員看似忙碌的埋頭檢查筆記。

一隻貪吃貓走了進來。

「有什麼事？」所長說。

「我想到白令地區去吃冰河鼠，哪邊的鼠肉最好吃呢？」

「嗯，一號文書員，說說冰河鼠的產地。」

一號文書員打開藍色封皮的大筆記本回答：

「烏斯帖拉戈梅納、諾巴斯凱亞、夫薩河流域。」

所長對貪吃貓說：

「烏斯帖拉戈梅納，諾巴……什麼來著？」

「諾巴斯凱亞。」一號文書員與貪吃貓異口同聲的說。

「對了，諾巴斯凱亞，然後還有什麼——？」

「夫薩河。」貪吃貓又和一號文書員齊聲說道，所以所長有點沒面子。

「對了對了，夫薩河。嗯，那一帶就很不錯了吧。」

「那麼，旅行方面要注意哪些事項？」

「嗯，二號文書員，你說說在白令地方旅行的注意事項吧。」

「遵命。」二號文書員翻著自己的筆記簿。「夏貓完全不適合旅行。」不知道什麼緣故，這時候大家的眼光全都轉向灶貓。

「冬貓也需要細心留意。函館附近，有被馬肉誘捕的危險。尤其是，黑貓必須充分表明貓的身分，否則往往會被誤認為黑狐，而遭到認真的追捕。」

「很好，剛才說的一點也沒錯，你不像我是黑貓，應該沒有什麼好擔心的。只要在函館時多小心馬肉就行了。」

「對了，那邊有沒有德高望重的貓呢？」

「三號文書員，你舉出白令地方有威望的貓士吧。」

「好的，呃……白令地方的話，有了，有托巴斯基、根佐斯基兩位。」

「托巴斯基和根佐斯基是什麼樣的人？」

「四號文書員，請大略描述一下托巴斯基與根佐斯基。」

「好的。」四號文書員灶貓已把兩隻短手，插在原始資料簿裡托巴斯基和根佐斯基的位置等候。所以，所長與貪吃貓都露出非常佩服的表情。

但是其他三位文書員，卻十分瞧不起的斜眼看他，露出冷笑。灶貓十分認真的念起簿面。

「托巴斯基是酋長，德高望重，目光銳利，但說起話來慢條斯理，根佐斯基是資產家，說起話來慢條思理，但目光銳利。」

「哦，這樣我就懂了。謝謝。」

貪吃貓出去了。

由此可知，這家事務所對貓而言十分方便，但是，從剛才的故事大約過了半年左右，這家第六事務所終於歇業了。箇中原因，相信大家也察覺到了吧。那就是四號文書員灶貓遭到前三位文書員的排擠。尤其是三號文書員三色貓，老早就想著把灶貓的工作搶來做。灶貓也用盡了方法想討好其他三位文書員，但還是無法扭轉他們的看法。

舉例來說，有一天，隔壁的虎貓拿出中午的便當，正打算開飯時，突然想打起呵欠來。

於是，虎貓盡可能把兩隻短手伸得高高的，打了一個很大的呵欠。這在貓社會中，並不是目無尊長的行為，若是以人類來說，大概只是捻捻鬍鬚的程度。打呵欠還無所謂，糟糕的是，他把腳一伸直，桌子便稍微傾斜，便當盒順勢滑了下去，剛好掉在所長面前的地上了。便當盒雖然凹了一大塊，但畢竟是鋁做的，所以並沒有摔壞。虎貓見狀，立刻打斷了呵欠，從桌子上伸出手，想要把便當盒拿起來。只是那便當盒的位置，正好在他快要搆到又搆不到的地方，手一碰便溜開，一會兒又滑過來，怎麼抓都抓不到它。

「你這樣不行啦，抓不到的。」黑貓所長一邊笑，一邊大口咬著麵包。四號文書員灶貓，這時剛剛打開便當蓋，看到虎貓的窘境，立刻站起來，把便當撿起來想交給虎貓。沒想到虎貓惱羞成怒，不但不接下灶貓特地撿回的便當盒，還把手轉到背後，自暴自棄似的扭著身體吼道：

「什麼？你叫我吃這個便當嗎？這便當都從桌上掉到地上了，你還叫我吃它？」

「不是，我看你想撿它，所以順手幫你撿起來罷了。」

「我什麼時候想撿它了？哼，我只是因為它掉在所長面前太失禮了，所以想把它推到我桌子底下。」

「是嗎？我只是看到那便當滑來滑去的……」

「你太無禮了，我要跟你決……」

「恰鄉恰鄉恰鄉恰鄉。」所長高聲念頌，為了不讓虎貓說出決鬥兩個字，故意用這方法打斷他。

「哎呀，別再吵了。灶貓君撿那便當，並不是讓虎貓君吃它吧。還有，今天早上我忘了說，這個月虎貓君的薪水加了十錢。」

虎貓剛開始時滿臉怒色，但還是低頭聽訓，不過，聽到最後，他終於開心的笑了。

「對不起打擾大家了。」虎貓說完，狠狠瞪了灶貓一眼才坐下來。

各位讀者，我真的很同情灶貓。

過了五六天之後，又發生了類似的事情。這種事頻頻出現的原因，一是因為貓兒們性格太懶惰，二是因為貓的前腳，也就是手實在太短的關係。這次的事件起因於對面的三號文書員三色貓，在早上工作開始前，沒把筆拿穩，在桌上滾了半天，終於掉到地上去了。三色貓若是站起來撿就沒事了，但是牠就是懶得動，立刻像虎貓上次那個作法，把兩手伸過桌子，試圖從桌上把筆撿起來。當然他也一樣搆不著。三色貓的個子特別矮，漸漸的，他的半個身子都伸出去，連腳都離開椅子。灶貓經過上次的事件，自知撿也不是，不撿也不是，巴眨巴眨的眨著眼睛，在旁遲疑了半晌。但最後牠還是看不上去，站了起來。

就在這個時候，三色貓因為大半個半身懸空，卡噹一聲，翻了個倒頭栽，從桌上跌下來，貓頭狠狠撞到地上，發出驚人的聲音。連黑貓所長都嚇得站起來，從身後的架子上，拿出氨水瓶來定定神。但是三色貓立刻站起來，突然間火冒三丈的大吼：

「灶貓，你小子竟然敢推我！」

這次，所長立刻安撫三色貓說：

「不，三色君，你搞錯了。灶貓是懷著好意稍微站起來而已。他既沒碰你，也沒有做任何事。但是，這麼芝麻綠豆大的小事，沒必要計較嘛。對了，那個桑冬坦的遷居通知怎麼樣。」所長迅速交辦了工作，所以，三色貓無可奈何的，只好開始工作，但還是不時對灶貓怒目而視。

在這種氣氛下，灶貓真的非常痛苦。

灶貓為了成為一般的貓，幾次試著睡在窗外，但夜裡實在太冷了，害他不停的打噴嚏，所以他才不得不睡到爐灶裡。

牠為什麼那麼怕冷呢，主要是因為皮太薄。為什麼皮那麼薄呢？那是因為牠是在土用[1]出生的。果然是我自己的問題，人家嫌棄我也沒辦法。灶貓心裡想著，眼淚在滴溜的圓眼裡打轉。

但是，所長對自己那麼親切，而且灶貓的所有同伴們也都以自己在事務所工作為榮，就算再辛苦，我也不能放棄，肯定能忍下去。灶貓哭著握緊了拳頭。

但是那位所長不是個靠得住的人。這是因為，貓這種動物看似聰明，實則愚昧。有一天，灶貓不幸得了感冒，大腿內側腫得有碗那麼大，幾乎寸步難行，只好勉為其難的請了一天假。灶貓心裡的苦悶難以言喻，不停的垂淚。望著倉庫小窗照射進來的黃色光線，一整天都在揉著眼睛哭泣。

他沒來的時候，事務所是這樣的。

1土用：指在立秋前夕。

「我說，今天灶貓怎麼還沒來？遲到了耶。」所長在工作的空檔時說道。

「我看，他是到海邊去玩了吧。」白貓說。

「哎喲，大概是哪裡的宴會請他去作客了吧。」虎貓說。

「今天有什麼地方在開宴會嗎？」所長驚訝的問。他想，貓的宴會沒有不請他去參加的道理。

「聽說北方要舉行一個開校典禮哦。」

「這樣啊。」黑貓靜默的陷入思考。

「不知道為什麼，」三色貓開口道：「灶貓最近到處有人請客？聽說他向人誇口說下一任所長就是他。所以那些笨蛋畏懼他的權威，拚命的奉承他。」

「你說的是真的嗎？」黑貓怒喝道。

「當然是真的啦，您自己去查查就知道了。」三色貓嘟起嘴說道。

「豈有此理。枉費我對那傢伙關照有加。好，既然如此我也自有想法。」

事務所一時間鴉雀無聲。

第二天。

灶貓腿上的腫塊好不容易消了，所以他開心的起了個大早，在呼嘯的寒風中來到事務所。這時，牠發現原本一向牠來時都要摸摸封面的原始資料簿不在自己的桌上，分別放在對面和鄰座的三張桌上。

「啊，昨天大概很忙吧。」灶貓聲音沙啞的自言自語，不知為何心臟跳得好快。

咔答，門開了，三色貓走了進來。

「早安。」灶貓站起來問候，但三色貓一聲不吭的坐下來，然後一副非常忙碌的模樣翻著簿子。咔答，嗶吓，虎貓走了進來。

「早安。」灶貓站起來問候，但虎貓看也不看他一眼。

「早安。」三色貓說。

「早，今天風很大呢。」虎貓也立刻翻起簿子。

咔答，嗶吓——！白貓進來了。

「早安。」虎貓和三色貓一起打招呼。

「哦，早啊，好大的風啊。」白貓也忙不迭的開始工作。這時，灶貓無力的站著，靜靜行了一禮，但白貓裝作沒看到。

咔答，嗶吓利。

「呼，這風勢真驚人哪。」黑貓所長進來了。

「早安。」三人立刻站起來行禮。灶貓呆呆站著，低著頭欠一欠身。

「簡直是暴風嘛。」黑貓沒看灶貓，說完立刻開始工作。

「好了，今天必須接著昨天的工作，必須調查安摩尼亞克兄弟和回答。二號文書員，安摩尼亞克兄弟中，誰去了南極。」工作開始了。灶貓低著頭默默不語。牠沒有資料簿，就算想要回答，也說不出來。

「是潘．波拉里斯。」虎貓回答。

「很好。請詳細敘述潘．波拉里斯吧。」黑貓說。啊，那是我的工作呀。資料簿、資料簿。灶貓幾乎快要哭出來。

「潘．波拉里斯在南極探險的歸途中，於雅普島外海死亡，遺體進行了海葬。」一號文書員白貓念著灶貓的資料簿。灶貓傷心得兩頰發瘦，耳鳴眼花，但還是低著頭拚命忍住。

事務所中，漸漸忙得像滾水一般，工作進行得飛快。大家只有偶爾朝灶貓瞟個兩眼，一句話也沒說。

然後中午時間到，灶貓沒打開帶來的便當，一直把雙手擱在腿上，低頭不語。

午後一點開始，灶貓終於抽抽答答的啜泣起來。牠哭哭停停，就這麼哭了三個小時，直到傍晚。

即使如此，眾貓卻還是熱心專注的工作，好像一點也沒有發現這件事一般。

就在這時候，所長後面的窗外出現了獅子威風凜凜的金色臉孔，但是眾貓都沒有發現。

獅子狐疑的望著窗內好一會兒，然後冷不防叩了叩門走進來。眾貓驚愕得無以復加，只能不知所措的在原地繞圈子。只有灶貓停止哭泣，站得筆直。

獅子宏亮低沉的聲音說道：

「你們這是在幹什麼？發生這樣的事，還需要什麼地理和歷史呢？別做了，對，我命令你們解散。」

於是，事務所就這麼被廢止了。

獅子的想法，我有一半同意。

雁童子

雁の童子

我來到流沙[1]之南、楊柳圍繞的一池湧泉邊，將泉水和進自己帶的麵粉裡，準備吃午飯。

這時，一位朝聖的老人也來到這裡，看來也是打算在此用餐。我們彼此靜靜的點頭為禮。

但是，這趟旅途中，走了半日也見不著一個人影，所以我雖然吃完了飯，也不想立刻與泉水和那位年老的朝聖老人道別。

有那麼一會兒，我無意識的望著老人高高的喉結上下起伏，想找些話與他攀

1此地指塔克拉瑪干沙漠。

談，但他看起來太過沉靜，令我有些詞窮。

但是，突然間，我發現泉水後面有座小小的祠堂。它非常小，幾乎可以讓地理學家或探險家當成標本帶走，再加上它剛上了黃和紅色的新漆，特別醒目，祠堂前還立著一支粗糙的幡旗。

我見老人快要用完飯了，便開口問道：

「不好意思，請問那座祠堂供的是哪方的神明？」

老人顯然是想對我說些什麼。他默默的點了兩三下頭，把食物吞下去後，才低聲說道：

「……是個童子。」

「哪一位童子呢？」

「他叫做雁童子。」老人收拾好餐具，蹲下來舀了泉水，漱了漱口之後又說：「那位雁童子的故事，彷彿才發生在最近。他是這時節下凡到這個地方的天童子。這種祠堂，最近在流沙另一側也蓋了很多。」

「他是天上的童子下凡啊？是被天庭懲罰才流放到地上來嗎？」

「這個我也不清楚。附近的人都這麼說，大概是吧。」

「到底是什麼樣的故事呢？如果您不急著走的話，可以說給我聽嗎？」
「我不急。那我就把我聽過的故事告訴你吧。」
莎車[2]這個地方，有個人叫做須利耶圭。聽說他是名門望族，後來家道中落，於是帶著妻子兩人過著與世無爭的生活，自己維持著抄寫經書的習慣，妻子則紡織布料。
有一天黎明，須利耶老爺與持槍的堂弟，一起到原野上散步。地面是極美的藍石，天空朦朧發白，就快要下雪了。
須利耶老爺對堂弟這麼說，你該適可而止，別再殺生自娛了。
但是堂弟聽了，卻冷冷的說，沒辦法停止殺生。
「你這個人真沒有慈悲心，你可知道你所傷害、殺死的，是什麼動物嗎？不論什麼動物，那些生命都很可憐呀。」須利耶老爺再次勸誡堂弟。
「也許你說的沒有錯，但也許並不是你說的那樣。如果真是那樣，我覺得更有

2莎車：古代西域國家，今中國新疆莎車縣附近。

趣。好了，別再說那些無聊的話了，簡直就像是從前出家人才會說的話，快看，遠方有一群雁子飛來。看我把牠們打下來。」堂弟舉起了獵槍，快跑離開。

須利耶老爺靜靜的遙望著那一排黑色的雁子。

就在這時，遠處突然飛出一顆尖尖的黑子彈，射中帶頭雁的胸口。大雁搖晃了兩三下，只見牠身體著了火，發出悲慘的哀鳴，直墜而下。子彈又往上射出，穿過第二隻雁的胸口。然而，沒有一隻雁試圖逃走。反而悲悽的哀叫，跟隨落地的雁子。

第三發子彈擊出，第四發子彈又擊出了。

六發子彈打傷了六隻雁子，只剩下飛在最後頭的小雁還活著，沒有受傷。六隻起火燃燒的雁在空中掙扎著往下沉落。最後一隻小雁哭泣著跟隨，然而，雁的行列還是一絲不亂。

這時候，須利耶老爺驚愕的發現，那些雁子不知何時竟變成了人形在空中飛翔。

五隻雁在鮮紅火焰的包圍下，扭動著手腳哀嘆，墜落地面。而最後一個沒有受傷的人，是個可愛的天童子。

須利耶老人感覺這孩子的面貌似曾相識，而第一個摔到地面的是個白鬍子老頭，他倒在地上，身體燃燒著，合起只剩白骨的兩手向須利耶老爺膜拜，並且悲痛的哭喊道：

「須利耶老爺、須利耶老爺，求求你把我的孫子帶回去吧。」

須利耶老爺當然立刻跑上前說。

「好的、好的。我一定收留他。但是，你們究竟發生了什麼事？」

這時，雁兒陸續燃燒著墜落地面，有的是大人，有的是戴著美麗瓔珞的女子。那個女子儘管身處烈焰中，依然朝著最後面的孩子伸出手，孩子哭泣著在她周圍徘徊。雁老人又開口說：

「我們是天上的家庭，因為犯了罪，被貶成雁子的形體。現在果報已了，我們將回到天上。只有我這個小孫子還不能回去。他和你也算有緣，請你將他當成親生子，照顧他長大，請答應我。」

須利耶老爺說：

「好的，我明白了。我會照顧他，請你放心吧。」

老人搓搓手，頭垂到地面，立刻燒成了灰燼，形影都不見了。堂弟拿著槍，和須利耶老爺一樣，全都看傻了。還以為是不是兩人一起做了場夢呢。但後來，堂弟說，他的槍口還有餘溫，子彈也確實減少了，而且那些人倒下的的地方，草也都壓扁了。

而且，顯而易見的，那個童子還站在那裡。須利耶老爺回過神來，對著童子說：

「從今天開始，你就是我的兒子了，不要再哭了，你以前的母親和哥哥已經升天，到美好的國度去了。來，跟我走吧。」

須利耶老爺把孩子帶回自己家裡，途中平原的藍石頭靜悄悄的，孩子哭著跟在老爺後面走。

須利耶老爺和太太商量，為了幫他取名字，思考了三四天。但沒多久，這件事在莎車地區傳開了，大家都稱孩子叫雁童子。須利耶老爺無可奈何，只好也這麼叫他了。

老人喘了口氣，我望著腳邊小小的青苔，腦海中浮現出那些人們在烈焰圍繞下，從詭異的天空落下來，悲慘燃燒的情景。老人打量了我好一會兒，才又繼續往下說。

莎車的春天結束時，原野上的楊柳花，閃著光輝在空中飛舞。遠處的冰山反射出令人刺眼的白色光線，與陽光合而為一。果樹婆娑搖擺，雲雀的歌聲響徹雲霄。童子也已經六歲了。春天的某個傍晚，須利耶老爺，帶著雁群送來的兒子到街上去玩。葡萄色的沉重烏雲下，蝙蝠如黑影幢幢飛過。

孩子們在長棍上繫了繩子，去追捕蝙蝠。

「雁童子來了，雁童子來了。」

孩子們丟下木棍，手牽著手圍成一個大圈圈，把須利耶父子團團圍住。

須利耶老爺開心的呵呵笑。

孩子們一如往常，異口同聲的高聲唱道：

「雁的孩子、雁的孩子，雁童子；

從天上飛到須利耶的家中來。」

但是，其中一個孩子開玩笑的說：

「雁孤兒、雁孤兒，

春天都來了，你怎麼還在這兒」

大家嘩的大笑起來，而且不知怎麼回事，一顆小石頭飛過來打中童子的臉頰。

須利耶老爺保護著童子，對大家說：

「你們在幹什麼？這孩子做錯了什麼？就算是開玩笑也不可以丟石頭。」

孩子們叫嚷著跑上前來向童子道歉、慰問。有的孩子還從上衣的口袋裡拿出無花果乾請童子吃。

童子從一開始到最後，都是微微笑著，須利耶老爺也笑逐顏開的原諒了孩子們，帶著童子離開那裡。

然後，他在淺黃瑪瑙色的靜謐暮靄中說：

「你剛才好勇敢，都沒有哭呢。」

童子勾著父親的身體，這麼說了：

「父親，我以前的爺爺身上中了七顆子彈呢。」

朝聖的老人端詳著我的臉。

我也默默仰首望著老人濕潤的眼睛。老人又繼續說了。

又有一晚，童子睡不著覺，一直在床上翻來覆去。

他說：「母親，我睡不著啊。」須利耶的妻子走來，安詳的撫著童子的頭。童子的腦袋已十分疲倦，它像個白色的網子，不斷搖晃抖動。有時網中掛著一彎大大的紅色新月，有時看起來長滿紫萁的芽。又有時，出現柔軟的白色四方形物體，漸漸擴展開來，變成可怕的大盒子。母親摸摸童子的額頭，為他發燒的額頭十分擔心。須利耶老爺抄好了經文，合掌站起來，然後讓童子也站起，幫他在身上綁了紅皮帶，帶他走出家門。驛站附近的房舍都關上了門，滿天星斗下家家戶戶排成了漆黑的隊列。這時，童子忽然聽見流水的聲音。他想了一下，問父親：

「父親，水在夜裡也會流動嗎？」須利耶老爺望著沙漠盡頭升上來的藍色大星星回答道：

「水在夜裡也會流動呀。不論日夜，只要不是在平坦的地方，水永遠都會流動。」

童子的腦袋頓時平靜下來，然後便急著想要回到母親身邊。

「父親，我們回去吧。」邊說邊拉著須利耶老爺的衣角往前走。兩人進了家門，母親將他們迎了進來，才正把門環拴好時，童子早已回到自己的床，衣服也沒換便沉沉睡去。

他還說了這樣的話。

有一天，須利耶老爺與童子坐在餐桌上。食物中有兩條用蜜汁煮的鯽魚。須利耶的妻子把一條放在須利耶老爺的面前，另一條夾給了童子。

「我不想吃呀，母親。」童子說。

「很好吃的喲，來，把筷子給我。」

須利耶夫人拿了童子的筷子，將魚分成小塊。

「來，快吃吧。很好吃喲！」夫人催促著。母親把魚分塊的時候，童子凝目注視著她的側臉，突然間心口湧上莫名的噁心，一股憐憫之情令他悲痛得難以忍受。他立刻站起身，像顆子彈般向屋外衝出去。對著白雲片片的藍天，嚎啕大哭起來。哎呀，怎麼哭了呢？須利耶夫人大吃一驚，這一下也驚動了須利耶老爺，「快去看看發生什麼事。」但夫人說，她走到門口查看，童子已經破涕為笑了。

又有一次，須利耶老爺帶著童子經過馬市時，一匹小馬正在喝奶。穿著黑色粗布衫的馬販子走來把小馬拉開，和另一匹小馬綁在一起，然後不吭一聲的把牠們帶走了。母馬受驚高聲嘶叫，但是，小馬硬是被拉走了。走到對街的轉角時，小馬突然舉起後腳，踢開腹部的蒼蠅。

童子側眼瞥了一下母馬褐色的眼眸，驀然抱著須利耶老爺大哭起來。須利耶老爺沒有叱責，只是用自己的袖子蓋住童子的頭。經過馬市之後，老爺讓童子坐在河邊的青草地，拿出杏子果給他吃，然後平心靜氣的問他。

「你剛才為什麼哭呢？」

「因為，父親，大家硬把小馬和媽媽拆散呀。」

「那就是馬的命運。牠已經長大了，以後就得獨自幹活了。」

「那匹小馬還在吃奶呢。」

「可是如果由著牠撒嬌，牠一輩子都長不大，只好這麼做。」

「可是父親，不論是母馬還是小馬，以後人們都會讓牠們揹著沉重的貨物，讓牠們走艱險的山路，一旦沒有食物，還會把牠們殺來吃掉吧。」

須利耶老爺故作輕鬆，他不想告訴孩子成人世界的殘酷。但他也說，那天的童子有些令人擔心。

須利耶老爺在童子十二歲的時候，送他到離家稍遠的都城裡一個異教[3]私塾去上學。

童子的母親日夜不休的織布，為童子寄去學費和生活費。

冬日將至，天山已經白了頭，桑葉轉為枯黃瑟瑟落下時，有一天，童子突然跑回家。母親從窗口一眼發現了他，趕緊出來迎接。

須利耶老爺佯裝不知，繼續抄經。

「孩子，你今天怎麼回來啦？」

「我想和母親在一起幹活，沒有時間念書。」

母親顧忌著須利耶老爺聽見，一面小聲的說。

「這是大人的事，小孩子不用操心。快點回去讀書，以後習得專精，回來造福鄉里。」

「可是啊，母親，您的手變得那般粗糙，然而我的手卻還是這麼細嫩。」

「別瞎胡說了。任何人年老了之後，手都會變粗的。與其擔心這種事，你還是

3 指佛教以外的思想理念，這裡應該是儒教或道教。

早點回去念書。你能長大成人，就是母親唯一的期盼。好了，快走吧，若被父親聽見，他定要責罵你的。」據說夫人如此說。

童子失望落寞的從院子走到外面，但是又佇足不去。母親只好也跟著出來，帶著他走遠一點，來到一個沼澤。母親催著他「好了，快走吧！」便想掉頭回家。但是童子依舊站著不動，傻傻的望著家的方向。母親不得已，又轉回頭，拔了一支蘆葦，作成小笛子，讓童子帶走。

童子終於邁開步伐，遠方格紋的冷雲下，蘆葦來回搖擺，不久後童子的身影越來越小。霎時，天上傳來拍翅聲，一列大雁在空中通過。須利耶老爺從窗口看見此景，不覺心頭突的一跳。

接著入冬了，過了寒冷的冬天，楊柳的新芽便會閃耀著柔和的光，糖水般的蒸氣在沙漠中徘徊不去。杏和李開出白花，接著樹木和草地都換上了碧綠。玉髓般的雲峰，環繞著四方天際。

正當這時，莎車鎮外的沙丘裡，挖掘出古代莎車大寺的遺跡。有一座牆完好無缺的出了土。牆上畫了三名天童子，其中一人更是栩栩如生，觀眾們全都讚嘆不已。一個晴朗的好天，須利耶出門到都城拜訪童子的老師，再三向老師道謝，並且送上粗布三匹。過了半日，他想帶著童子出去走走。

兩人走過人群雜沓的街道。須利耶老爺若無其事的說：

「今天的天空湛藍如洗，你這個年紀，正好是羽翼豐滿、振翅高飛的時候，你覺得如何？」

童子沉著聲回答：

「父親，我不想離開父親，到別的地方去。」

須利耶笑了。

「當然啦，要展開一場壯闊的旅行，絕不能一個人單獨飛向遙遠光明的天空。」

「不是的，父親。我什麼地方都不想去，而且難道所有的人不能都留在原地，不要離開嗎？」童子問了這個奇妙的問題。

「所有的人都留在原地，不要離開是什麼意思呢？」

「我是說，不管是誰，可以不要單獨離開，到別的地方去嗎？」

「嗯。可以吧。」須利耶老爺狀若輕鬆的如此回答。

兩人經過城鎮的廣場，漸漸來到了郊外，沙丘豁然變得開闊無際。其中一個沙丘被挖了一個很深的洞，許多人站在洞裡。兩人也一起下去了。那兒有一座古老的牆。顏色雖然已經褪盡，但卻清楚的畫了三個天童子。須利耶老爺心頭揪了一下，好像有什麼沉重的東西從高高的天上壓了下來。但他還是故作鎮定的說：

「哇，真是壯觀啊。這畫畫得太精妙，反倒令人有點害怕。這位天童與你長得好像。」

須利耶老爺回頭看童子，不料童子臉上帶著笑，倒地不起。須利耶老爺驚愕的趕緊將他抱起。童子在父親的臂彎中，夢囈般的說道：

「爺爺來接我了。」

須利耶老爺急忙呼喊著他：

「你怎麼了，不可以到別的地方去呀。」

童子微弱的說：

「父親，請原諒我。我是您的兒子。這座壁畫是以前的父親畫的。那是後，我是國王的……，但這幅畫完成後，國王被殺了。我們一家人都出了家。但是敵王率兵攻來，放火燒掉寺院的時候，我穿上俗衣，躲藏了兩天。我有個心上人，本想放棄出家，就這麼還俗算了。」

人們聚集過來，眾口一致的喊著：

「雁童子、雁童子。」

童子再一次動動嘴唇，似乎囁嚅著什麼。但須利耶老爺已經聽不見他的話了。

「我所知道的故事，就只有這些。」

老人似乎到了該離去的時候，我懷著依依不捨的心情，站起來合掌說：

「謝謝您告訴我這個珍貴的故事。我們雖然只是在沙漠邊緣的湧泉萍水相逢，一起渡過了短暫的時光，但這絕非不值一提的小事。我倆看似偶然交錯的兩個旅人，事實上彼此都不認識對方，但是我們同樣走在善逝[4]指示的光之路上，到達彼之無上菩提。那我們就在此別過吧。再會。」

老人默默的回禮，他似乎還有話要說，卻沉默的驟然轉過身，蹣跚的朝我來時的荒地走去。我則合著掌，也同樣朝著相反方向的冷清岩原前進。

4 梵語 SUGATA 的意譯，佛的十號之一，擺脫迷惘的世界，進臻真理境界的人，即佛祖。

富蘭頓農校的豬　フランドン農学校の豚

※編註：此處原稿缺第一頁

「……以外的物質全都多多的攝取，它會成為脂肪或蛋白質，積存在身體裡。」上面是這麼寫的，所以農校的畜產助手或小廝等人，只要不是金屬或石頭，都會毫不吝惜的全都拿來餵牠。

從豬的角度來看，也並沒有特別的反感，一方面可能是天性，再者牠已經非常習慣了，所以。反而是在傍晚時刻，豬感到自己很幸福，還會感謝上天。這是因為那天晚上，化學系一年級學生，來到自己面前，露出不可思議的表情瞪著豬的身體直瞧。豬這邊也抬起牠蠶豆般的憤怒小眼，滴溜的打量著對方。那個學生說了：

「豬這種生物，還真是奇特啊。吃的是水、拖鞋[1]、稻草，卻能轉變為最上等的脂肪和肉。豬的身體，若要找個比喻，可以稱得上是一種觸媒，和白金相同。在無機體即是白金，在有機體即是豬。越想越覺得甚是奇妙。」

豬當然聽見了自己的名字與白金並列。而且，豬也熟知白金一匁[2]三十圓。自己的身體有二十貫[3]，所以牠立刻算得出自己價值多少。豬垂耷耳朵，微閉上眼睛，彎下了前肢開始計算。

20×1000×30＝600000，一共是六十萬圓。擁有六十萬圓的話，在當時的富蘭頓一帶，可以成為第一流的紳士。就算是現在，或許也差不多。你看看，第一流的紳士呢，豬感到無比的幸福，牠會咧開腦袋下方像極鯊魚的大嘴開心的傻笑，也不是沒有道理。

但是，豬的幸福日子並不長。

過了兩三天，這隻富蘭頓的豬從一古腦傾洩而下的一團食物中（各位大學生，

1指用草蓆製作的日式拖鞋。
2匁：日本尺貫法的重量單位，一匁約為三點七五公克。
3一貫相當於一〇〇〇匁重。

請做好堅強的心理建設，可以嗎？）食物中，跑出一支細長的白色物體，末端長了短毛。我直接說了，那是一支駱駝牌牙刷。對聽過煩人訓話，好不容易接受洗禮的諸位大學生十分抱歉，不過請稍加忍耐一下。

豬著實吃了一驚，看到那支牙刷的毛時，自己身體裡的毛就像風吹過的小草，發出沙沙的聲音。豬表情怪異的瞪著它好一會兒，但漸漸頭昏眼花，忍不住作嘔。驀地，他把頭埋進前面的稻草堆裡，倒頭睡著了。

到了晚上，心情稍微好了一點，豬靜靜的站起來。不過，畢竟是豬的心情，所以說牠心情好，當然不會像蘋果那樣清爽，也不會像青天那般光明。那是一種灰色的氣氛，略為冰冷、透明的灰色心情。說起來，若想了解豬的心情，除非變成豬，別無他法。

不論是外來種的約克夏豬，還是黑色的巴克夏豬，舉凡所有的豬都不會認為自己魯鈍或是怠惰。我們最難想像的是，豬那平坦的背脊，被棒子槌打時到底是什麼感受。你說，不管是用日本話、義大利語、德語還是英語，該怎麼表現才好呢。然而，最後，除了叫聲以外，我們都聽不懂。和康德博士一樣，全然不可知也。

說回到豬，牠越養越肥，一次又一次吃飽睡、睡飽吃。富蘭頓農校畜產科的老師，每天都來到牠面前，用銳利的眼睛，仔細計算活體重量後再回去。

「得把窗子再關得密實點，房間暗一點，油脂才能更美味，而且，差不多也該催肥了吧。能不能每天放少許亞麻仁在飼料裡呢。」老師對著穿藍色上衣的年輕助手這麼說。豬當然都聽在耳裡，而且非常不高興。和看到牙刷時一樣。因為他們特別準備的亞麻仁，不太容易吞嚥。這些都是豬從畜產科那位老師的語氣中，察覺到的。（總而言之，那兩個人雖然供我吃喝，但是不時會用冷如北極般的眼光盯著我的身體瞧。其實他們是用令人難以忍受、沒得商量的冷酷心思，來思考我的未來。這種做法真可怕。啊，好可怕呀。）豬在心裡尋思著，再也受不了的用鼻子衝撞前面的柵杆。

但是，就在那頭豬被殺前的一個月，該國的國王下了一道命令。

它叫做家畜撲殺同意簽署法。布告上寫著，任何人若想要殺掉家畜的話，必須向家畜取得死亡同意書，而且該同意書上必須有家畜的簽名。

因此，那個時候，不論牛馬，大家在被殺前夕，都被主人強迫在同意書上畫押蓋印。有些年邁老馬還被刻意卸下馬蹄鐵，流著眼淚用牠的大馬蹄蓋在同意書上。

富蘭頓的約克夏豬也看到那張活版印刷的死亡證明書了。所謂看見，是指某天富蘭頓農校的校長，拿著一張大黃紙，來到豬圈裡。豬的語學已有相當程度，而且豬的舌頭實際上十分柔軟，具有充分的素質，所以牠能操流利的人語。牠靜靜的向校長問候。

「校長先生，今天天氣很好呢。」

校長默不作聲的把那張黃色證書夾在腋下，把手插在口袋裡，苦笑說道：

「嗯，是啊，天氣不錯。」

這句話從豬的耳邊進去，不知為何竟卡在咽喉裡。再加上校長和那些畜產科老師一樣，一直賊兮兮的盯著豬的身體瞧。

豬悲傷的垂耷著耳朵，戰戰兢兢的這麼說：

「我啊，最近這幾天心裡悶得慌。」

校長又苦笑著對豬這麼說：

「哦，心裡悶啊？是不是活膩了呢？應該不會這麼想吧？」豬的臉色太過愁苦，校長趕緊住了嘴。

於是，農校校長與豬大眼瞪小眼的站了好一會兒，一聲不響的站著不動。沒多久，校長終於放棄拿出證明。

遠了。

「總之，你好好休息。不要到處亂跑。」他依舊把那張黃紙夾在腋下，轉身走

顫，自言自語的說：

之後，豬再三反覆的思索著校長今天的苦笑，和若有深意的話語，打了一個寒

「『總之，你好好休息。不要到處亂跑。』這句話到底是什麼意思呢？啊，苦惱啊，真苦惱。」

豬如此想著，把那個梯形的腦袋差點都要想破了。再加上那天晚上，颳起了暴風雪，屋外狂風呼嘯，乾燥粗糙的雪粒，從小屋的破縫兒裡吹進來，連豬剩下的食物都被雪打得發白。

但是，第二天，畜產科老師又來了。與上次那個穿藍色上衣，臉色發紅的助手，一如往常的用銳利的眼神，把豬從頭到腳，從耳到背脊瞧個仔細，宛如要把豬吞下去似的。然後，他豎起尖尖的手指說：

「每天都有給牠吃亞麻仁吧。」

「有的。」

「我想也是。大概明天或後天就差不多了。快點把同意書簽好就沒問題啦。怎

麼沒簽呢？昨天我明明看到校長夾著同意書往這邊走了。」

「是的，他來過。」

「那應該簽好了吧。簽好的話應該會馬上送來。」

「是。」

「再把房間調暗一點，讓牠靜靜待著吧。還有，在施行前的那天，不要給牠任何飼料。」

「好的，我會照您的話做。」

畜產科老師用銳利的眼神，再一次細細打量過豬，然後才走出室外。

兩人走後，豬的煩悶（同意書指的是什麼的同意書呢？他們到底想做什麼？施行的前一天不能給我飼料，施行什麼的前一天呢？他們到底想對我做什麼？把我賣到遠地去嗎？啊，真苦惱啊，苦惱。）就像前一天一樣，令牠頭痛欲裂。那天晚上，豬的神經太亢奮，一直睡不好覺。但是到第二天早上，太陽終於升上來時，寄宿的三名學生，高聲大笑的來到小屋。而且對著一夜沒睡、腦袋陣陣抽痛的豬，說些令人厭煩的話。

「會是什麼時候呢？真想早點看到。」

「我才不想看呢。」

「早點比較好，周圍的青蔥放太久的話會結冰呢。」

「馬鈴薯也塞好了吧。」

「塞好了喲，塞了三斗呢，光我們幾個人恐怕還吃不完呢。」

「今天早上相當冷呢。」一人朝手心呼著白煙這麼說。

「那豬看起來挺暖的。」一人如此回答時，三人一同大笑起來。

「豬這種動物是脂肪堆成的，穿著厚達一寸的外套，當然暖啦。」

「看起來好暖和，好像熱氣騰騰的直竄而上呢。」

「真希望快點解決啊。」

三人咕噥著走出小屋。之後，在豬的痛苦（想看，不想看，快點比較好，蔥會結冰，馬鈴薯三斗。吃不完。厚達一寸的脂肪外套、啊好可怕。彷彿透視人體一般可怕。太可怕了。但是，我和蔥到底有什麼關係呢？啊，苦惱。）和煩悶中，校長又來了。他在入口拍掉身上的雪，然後掛著老樣子的苦笑走到跟前來。

「怎麼樣，今天心情好些了嗎？」

「好多了，謝謝關心。」

「怎麼樣，很不錯吧？食物好吃嗎？」

「謝謝，非常好吃。」

「是嗎？那就好。對了，我今天來是想和你打個商量，怎麼樣，頭腦清醒嗎？」

「是。」豬的聲音有點沙啞。

「老實說，這世界上的生物，大家都必須死去。事實上，不論是什麼樣的生物，都會死呀。就算是人類中的貴族，富人，又或是像我這樣的中產階級，還有最卑賤的乞丐，都要死去。」

「是。」豬的聲音塞在咽喉裡，回答得很含糊。

「另外，非人類的動物，比方說馬啦、牛啦、雞啦，鯰魚，甚至細菌，也都非死不可。像蜉蝣那種動物，朝生夕死，只有一天的生命呢。大家都必須死去，所以，你或是我有一天也一定會死去。」

「是。」豬的聲音沙啞，答不出一個字來。

「所以呢，我想跟你打個商量。我們學校把你養到今天，雖然不是什麼值得一提的事，不過學校方面，應該已經盡可能的用心照顧你了。到處都有你的夥伴，你應該也很清楚。這麼說有點好笑，不過，別處的待遇應該都沒有我這兒好。」

「是。」豬很想回應，但剛才吃下去的食物，好像都堵在咽喉，再怎麼使力都發不出聲來。

「說到這兒，我想跟你打個商量。如果你對我們的照顧多少有一點感恩的話，我有個小小的請求，能不能請你接受。」

「是。」豬的聲音沙啞，還是沒法順利的回答。

「只是一點芝麻小事。這裡有一張這種紙，紙上是這麼寫的。死亡同意書，敝人長期蒙受恩寵，願配合需要，隨時赴死。年月日富蘭頓畜舍內，約克夏，此致富蘭頓農校校長殿下。只有這幾個字。」校長一旦開了口便一瀉千里。

「總之，反正總有一天你都得死，所以死的時候很勇敢的說，隨時都可赴死，根本不算什麼。不需要死的時候，也不會讓你死的。希望你在這個地方，蓋一個你前腳的爪印，就是這麼點小事。」

豬皺起眉頭，目不轉睛的注視著校長塞過來的同意書。如果校長說的有理，這根本是件小事。但是仔細讀完同意書上的文句後，牠感到無以形容的恐懼。豬終於再也難以忍耐，帶著哭聲這麼說：

「隨時的意思是說，今天有可能要我去死嗎？」

校長心頭一驚，但立刻恢復平靜的說：

「大概是這樣。不過，絕對不會讓你今天就這麼做。」

「那麼，您是指有可能明天嘍？」

「這個嘛。不會急到明天就讓你死吧。隨時，就是『有一天』的意思，很不確定的一個字眼。」

「去死的話，是我一個人死嗎？」豬又用尖銳的聲音如此問道。

「唔，倒也不是如此。」

「我不要、不要。我不要死。無論如何都不願意去死。」豬哭著大叫。

「不要嗎！那就沒辦法了。你這傢伙實在是忘恩負義，連犬貓都不如。」校長火冒三丈，臉色脹紅的快速把同意書收進口袋，大步走出小屋。

「反正從一開始我就不如犬貓了。哇——」一時間，悲憤之情一古腦兒充斥在豬的心頭，牠不顧一切的嚎啕大哭起來。但是哭了半日之後，兩夜沒睡的疲倦一起湧上來，不知不覺哭著睡著了。睡夢中，豬不斷打著寒顫，手腳抽動。

但是，到了第二天，畜產負責人又帶著助手來了。而且照例用那令人難以忍受的眼光打量著豬，十分不悅的向助手說：

「怎麼搞的？長好的肉都不見啦？這樣下去太不像話了。與農民家中養的豬有什麼差別？到底發生了什麼事？你估量不出原因嗎？臉頰肉少了太多，而且肩部變得這麼薄。這樣的豬沒法帶到品評會去。到底怎麼回事呢。」

助手把手指抵住嘴唇，默默的思考了一會兒，然後喃喃的回答道：

「不知道啊。只有昨天下午校長來了一趟而已。其他沒發生什麼事。」

畜產老師跳起來。

「校長？原來是這樣。是校長啊。他一定是拿同意書來，結果出了紕漏，讓豬嚇到了。所以這傢伙一個晚上都沒睡覺。這下子搞砸啦。而且校長肯定沒拿到牠的同意書。真的麻煩大了。」

老師很是遺憾的喀吱喀吱咬著牙齒，叉著手臂又開口道：

「好吧，那也沒辦法。把窗子全都打開吧，然後把牠放出去，稍微運動一下。不過不可以隨便打牠，也不要讓牠亂跑。帶牠到沒有太陽的地方，像是豬舍的陰涼處，或是沒有雪的草原上，讓牠走一走。一次十五分鐘左右。還有，不要餵飼料了，讓牠餓個兩餐，等牠心情平復之後，再給他高麗菜的嫩葉。漸漸復原之後，再按往常的飼料餵牠。一整個月催的肥，彷彿一個晚上就全部付之流水了。你聽明白了沒？」

「聽明白了。」

老師回到教員室，豬的心情沮喪到極點，楞楞的看著前面的牆壁，既不想動，也不想叫。助手拿了鞭子笑著進來，打開豬圈的門，殷勤的說：

「要不要去散一會兒步呢？今天出了大太陽，風也很平靜，我陪你出去走走吧。」說著，便舉起鞭朝牠的背打來。約克夏實在忍受不了這小子，無可奈何的走出畜舍去，但是悲憤的心情充滿胸臆，每走一步，胸口就快炸開似的。助手慢吞吞的吹起蒂珀雷里[4]的口哨，悠哉的跟在後面，一面還揮著手上的鞭子。

吹什麼蒂珀雷里呢，沒看我這麼悲傷嗎。豬好幾次撇撇嘴。不時聽見助手說：

「呃，稍微往左邊走一點怎麼樣呢？」只會在嘴上說好聽的話，卻一邊拿鞭子打我。（這個世界真的痛苦啊痛苦，真的是苦難的世界）豬被鞭打著前進時，心裡默默的想。

4 蒂珀雷里：傑克．喬治作曲〈It's a Long Way to Tipperary〉，是英國海軍愛唱的歌曲，是軍人們傳唱的懷鄉曲。「蒂珀雷里」是軍隊用語，指故鄉或家鄉。

「你覺得怎麼樣？差不多該休息了吧。」助手又給了他一鞭。超級大學生們，這樣的散步何樂之有？對身體對所有身心都沒有幫助。

豬無可奈何的又回到畜舍，腿一軟便躺在稻草上。助手只拿來一點點新鮮的高麗菜嫩葉。豬並不想吃，但助手站在對面，用難以形容的可怕眼神從高處瞪著眼等待。豬感到無路可走，只好假意稍微咬了兩下。助手終於鬆口氣，「哼」的笑了笑後，又吹起蒂珀雷里的口哨走出去。不知何時，他把窗戶完全敞開，豬凍得受不了。

在這種狀況下，約克夏一整天陷入沉思，作夢般過了三天。

第四天，畜產的老師和助手又來了。老師朝豬瞥了一眼，搖搖手對助手說：

「不行不行。你怎麼沒有照著我的話做呢？」

「我做了呀。窗子全打開了，也給牠吃高麗菜的嫩葉。運動，也很小心的每天只做十五分鐘。」

「哦？都做到這種地步了，它還是長不肥啊。看來這傢伙是日漸消瘦，屬於神經性的營養不良吧。這種狀況旁人幫不上忙，如果不在牠瘦成皮包骨之前做好決定，不知道牠會變成什麼樣子。喂，把窗子全都關上，然後拿出催肥器來用吧。在裡面把飼料塞得滿滿的，麥糠兩升，亞麻仁二合，然後再拿五合玉蜀黍粉，用水攪合，揉成丸子，一天分兩三次，放進催肥器給牠吃。你有催肥器吧。」

「是，有的。」

「把這傢伙綁起來。不行，在綁起來之前，先得讓牠把同意書簽好才行。校長也太沒用了。」

畜產科老師急匆匆的往教舍方向跑去，助手也跟在後面。

沒有多久，農校校長驚慌失色的跑來。豬沒有藏身之處，用鼻子不斷挖著稻草墊。

「喂喂，你得快一點才行。上次說的死亡同意書，今天不論如何都得讓你按下爪印才行。這不是什麼大不了的事，你就按吧。」

「我不要我不要。」豬哭著說。

「不要？喂，我可由不得你這麼任性。你的身體從頭到腳，全都是靠著學校養你才能長到這麼大。以後也會餵你每天麥糠兩升，亞麻仁二合，以及玉蜀黍粉五合呢。快點乖乖蓋個爪印，怎麼樣，你蓋是不蓋？」

校長這個人，真正發起脾氣來，原來竟然是這麼恐怖。豬嚇得心驚膽顫。

「我按、我按。」豬用沙啞的聲音說。

「很好，那麼，」校長終於達成目標，立刻轉怒為喜，迅速拿出那張黃色的死亡同意書來，展開在豬的眼前。

「要在那裡蓋印？」豬哭著問道。

「這裡，你的名字下面。」校長目不轉眼的透過眼鏡，看著豬的小眼睛。豬撇著哆嗦的嘴唇，伸出短小的右前肢，用力按了一印。

「嗯，很好。這樣就成了。」校長拉起紙，仔細檢查牠蓋的印之後，心情大好的這麼說。那個壞心眼的老師突然走進來，好像一直在門口等著。

「怎麼樣？進行得順利嗎？」

「嗯，總算蓋好了。那麼，我就把牠交給你了。呃，催肥需要多少天工夫呢？」

「很難說，不論是雞或是鴨，照這種方式養，肯定百分之百變肥了。但像牠這種神經過敏的豬，或許要用強制催肥才可能有功效。」

「是嗎？原來如此。總之你要好好養。」

校長回去了，接著，助手拿了一支鎖了螺絲古怪的麻布管，還有一個水桶。畜產老師從水桶裡抓了一把東西說：

「要不然，把豬綁起來。」助手拿著馬尼拉繩跳進豬圈裡，豬雖然驚慌奔逃，但還是被豬圈角落裡的兩個鐵環，繫住了右側的前後腳。

「很好，然後，把這一端塞進咽喉去。」畜產科老師把麻布管交給助手。

「來，把嘴張開。來，嘴巴張開。」助手平靜的這麼說，但豬咬緊了牙關，無論如何都不張開嘴。

「沒辦法了。用這個塞進去。」老師拿出短鋼管。

助手用力把那支管插進豬的牙齒之間，豬使盡全力的狂叫號哭，但還是被插入了管子，只能用喉底的聲音哭泣。助手把麻有管從鋼管裡，插進豬的咽喉。

「這樣就行了。開始灌吧。」老師把水桶裡的飼料，倒進麻布管一端的漏斗，然後利用奇特的螺旋，把食物送進豬的胃裡去。即使豬吞不下去，咽喉也無法抵擋食物的力量，黏稠的食物不斷送進胃裡，漸漸的肚子沉重下來。這叫做強制催肥。

豬感到噁心難受，一整天哭個不停。

第二天，老師又來了。

「很好，變胖了。效果不錯。以後和小廝兩個人，每天各餵兩次。」

接下來的七天，都按著這種方式餵食。豬完全沒有到屋外曬太陽，或是吹風的機會，只有胃部窒悶痛苦，而且臉頰和肩膀越來越浮腫，連呼吸都有困難。學生們輪流進來，在牠面前說了很多話。

有一次，大約十個學生進來，吵吵嚷嚷的這麼說：

「變大了不少呢。你看有多少貫呢？」

「不知道，老師來的話，看一眼就知道有幾百目[5]。我們學生就不太算得出來了。」

「因為不知道比重嘛。」

「比重我知道啊，論起比重，大概跟水一樣吧。」

「你怎麼知道？」

「這很簡單啊。如果把這隻豬放進水裡，它一定沉不下去，也浮不上來。」

「別鬧了，它的確沉不下去，但一定浮上來吧。」

「那是脂肪的關係。但是，豬也有骨頭，還有肉，所以比重應該是一左右。」

5目是重量單位，一目等於十匁。

「若是如此，把比重當成一的話，你看這隻豬有幾斗呢？」

「我看有五斗五升吧。」

「不，我看不止五斗五升，隨便看一下都有八斗了。」

「八斗恐怕還不夠，我敢說一定有九斗。」

「算了，就假定是七斗吧。水一斗有五貫種，七斗的話，這豬不多不少三十五貫。」

「有三十五貫啊。」

這些話聽在豬的耳裡，該有多想哭啊。把人家的身體用升斗來量，一下七斗一下八斗的。再怎麼説，這種對話也太傷人了。

到了第七天，那位老師又和助手兩個人一起站在豬的面前。

「差不多夠了。重量正好。增肥到這種地步，已經是極限了吧。大概就是這樣。若是催肥過度，萬一生了病，又得延後了。明天的話正好。今天不用再餵牠了。還有你和小廝兩人把豬的身體好好洗乾淨，再鋪上新的稻草。」

「知道了。」

豬窮盡全身之力，豎起耳朵聽著他們的問答。（終於明天就要執行了。就是那張證書上的死亡吧。終於明天就要來了。明天啊。到底會是什麼樣子呢？真苦惱、真苦惱。）豬因為想得太痛苦，不斷把頭撞向木板。

午後，助手和小廝兩個人過來，把豬的腳從兩個鐵環中解下來。助手說：

「怎麼樣？今天幫你洗個澡吧。已經放好水了呢。」

豬什麼事都還沒答應，鞭子便又「啪」的招呼過來。豬無可奈何的走出去，但因為實在太胖了，連動一動都費勁兒，走了三步便氣喘吁吁。

這時，鞭子又揮過來，豬幾乎差點兒就要趴倒在地，但還是勉強支撐著走到畜舍外。屋外放著一個大木盆，裡面裝了熱水。

「來，到這盆裡面。」助手又「啪茲」的揮了一鞭。豬費了九牛二虎之力，半滾半爬的越過那高高的邊緣，進入木盆中。

小廝拿了一支大刷子，把豬的身體刷乾淨，豬無意間瞄了那隻刷子，立刻像瘋了一般尖叫起來。這都是因為那隻刷子也是豬毛做的。豬在尖叫之間，身體已經完全洗白了。

「好了，出來吧。」助手對著豬再打一鞭。

豬不得已的跨出盆外。寒冷的空氣滲入身體，豬不禁打了個噴嚏。

「這傢伙，該不會感冒了吧。」小廝瞪大眼睛說。

「不礙事吧，沒那麼容易壞。」助手苦笑著說。

豬再進入畜舍裡時，稻草鋪已經換好了。寒意陣陣刺入身體，而且從今天早上到現在，什麼東西也沒吃，肚子裡空空如也，吼吼的鳴聲宛如刮起大風雪。

豬已不想再睜開眼睛，腦袋更是嗡嗡的叫。約克夏一生種種可怕的記憶，宛如走馬燈般時明時暗的在腦海中經過。牠聽見許多可怕的聲音，但已分不清那些聲音是發自體外呢，還是在體內鳴響。不知什麼時候，天亮了，教舍那邊敲響了鐘聲。沒多久，傳來嘈雜的聲響，學生們魚貫進入，助手也在其中。

「在外面進行吧。還是外面比較好。把牠帶出來。喂，帶出來的時候，別讓牠吱吱叫個不停，味道會變糟的。」

畜產的老師不知何時，穿著不同以往的褐色長袍，站在入口處。

助手正經八百的走進來。

「怎麼樣，天氣非常好哦，今天也散一會兒步吧。」然後「啪茲」的打了牠一鞭。豬完全沒有異議，鼓脹著臉頰大聲喘氣，蹣跚的走出門。前方兩旁學生的兩隻黑腳，如同作夢一般移動著。

天色驀然大亮，陽光映照在雪地上，刺得豬瞇起了眼睛，依然慢吞吞的往前走。

所有人要往哪裡去啊？前方有一棵杉樹。豬微一抬起頭時，牠看到眼前有一道劇烈的白光「嗶卡」一聲，如同煙火般散開。數千百億的紅色火焰如同水流般，自白光中流出。頭頂上響起「鏘」的尖銳聲音，兩旁怒水嘩嘩湧出。至於接下來的事，我也不知道了。總之，站在豬身旁的那位畜產老師，手拿著大鐵鎚，口裡呼呼的吐著粗氣，臉色發青的站著。而豬在他腳邊，只「搵搵」的哼了兩聲，便再也不動了。

學生們開始大展身手，他們把豬洗澡用的桶子，再換上新的熱水，大家捲起了上衣的袖子，殷殷等待著。

助手握著大支的小刀，一刀刺破豬的喉嚨。

這個故事實在太過哀傷，就容我說到這裡為止吧。總之，豬很快的就被大卸八塊，堆在豬舍後面，在雪堆中醃一個晚上。

各位大學生們，那一晚天空晴朗無雲，金牛宮閃亮清晰。二十四日如同銀角般、冷冷發光的弦月，從雲團中灑下水銀色的光，而在冰冷白雪中，如同戰場墳地般堆起的積雪底下，埋著清洗乾淨，分成八塊的豬。月兒默默的穿過，夜也漸漸冷峭起來。

國家圖書館出版品預行編目資料

宮澤賢治短篇小說集Ⅰ／宮澤賢治著、陳嫻若譯.—— 初版 —— 臺中市：好讀, 2016.12 面：公分，——（典藏經典；99）

ISBN 978-986-178-404-5（平裝）

861.57　　105020998

好讀出版

典藏經典99

宮澤賢治短篇小說集Ⅰ

（收錄要求特別多的餐廳等17篇小說）

作者／宮澤賢治
翻譯／陳嫻若
總編輯／鄧茵茵
文字編輯／莊銘桓
行銷企劃／劉恩綺
發 行 所／好讀出版有限公司
台中市407西屯區工業30路1號
台中市407西屯區大有街13號（編輯部）
TEL:04-23157795 FAX:04-23144188 http://howdo.morningstar.com.tw
（如對本書編輯或內容有意見，請來電或上網告訴我們）
法律顧問　陳思成律師

線上讀者回函
獲得好讀資訊

讀者服務專線／TEL：02-23672044 / 04-23595819#213
讀者傳眞專線／FAX：02-23635741 / 04-23595493
讀者專用信箱／E-mail：service@morningstar.com.tw
網路書店／http：//www.morningstar.com.tw
郵政劃撥／15060393（知己圖書股份有限公司）
印刷／上好印刷股份有限公司
如有破損或裝訂錯誤，請寄回知己圖書更換

初版／2016年12月15日
初版二刷／2022年12月1日
定價／280元
如有破損或裝訂錯誤，請寄回台中市407工業區30路1號更換（好讀倉儲部收）

Published by How Do Publishing Co., LTD.
2022 Printed in Taiwan
ISBN 978-986-178-404-5